레시피

백승화 소설

한끼
Han ki

차례

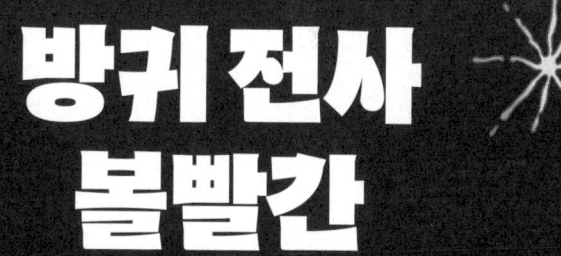

방귀 전사
볼빨간

"하지 마."

엄마는 늘 하지 말라는 소리만 했다. 뭘 먹지 말아라, 뭘 하지 말아라. 원래 엄마들은 다 그러는 줄 알았는데 아니었다. 다른 애들 같으면 매일 하고도 남을 자연스럽고 평범한 일도 하지 말라고 하니, 심통이 나지 않을 수 없었다.

마지막에 엄마는 이렇게 말했다.

"빼빼로랑 복숭아 맛 사탕은 절대 같이 먹으면 안 된다. 알았니? 감자칩 종류는 괜찮아. 그래도 혹시 모르니까, 먹으면서 하품은 하지 마. 알았지?"

대답하려는데 목소리가 나오지 않았다. 이상했다. 목구멍이 꽉 막힌 듯했다.

"알았지?"

다시 묻는 엄마의 목소리가 점점 멀어졌다. 입을 떼기 위해 안간힘을 썼다. 마침내 입이 열리면서 목소리가 터져 나왔다.

"으악!"

벌떡 일어나 주변을 둘러봤다. 익숙한 침대와 책상, 내 방이었다. 창문으로 아침 햇살이 쏟아져 들어오는 지금 시각은, 7시 40분.

망했다. 늦잠을 잤다.

핸드폰 알람을 맞춰두긴 했는데 새벽까지 핸드폰을 보다가 충전도 못 하고 잠들어 버렸다. 허둥지둥 체육복 바지 위에 교복 치마를 입으며 책상 위에 있던 충전기와 교과서를 가방에 쏟아부었다.

거실로 나오자, 청국장 냄새가 코를 찔렀다. 외할머니가 밥상을 차리는 중이었다. 나는 외할머니 앞으로 가서 오른 주먹의 검지만 펴 관자놀이에 댄 다음, 두 주먹의 검지와 엄지를 펴고 눈앞에서 붙였다 뗐다. 왜 안 깨웠냐는 뜻으로. 하지만 외할머니는 늘 그렇듯 손바닥이 위로 향하게 오른손을 편 다음 입으로 두 번 올렸다. 밥 먹고 가란 거다.

에이, 할머니가 깨워주길 기대한 내가 잘못이지.

나는 왼 손등 위에 오른손을 수직으로 세우고 앞으로 내밀었다.

'늦었어!'

오래된 한옥인 우리 집 마당으로 나와 운동화를 대충 구겨 신고 있는데, 거울에 외할머니가 하는 당부의 손짓이 비쳤다. 매일 같은 내용이었다.

'조심해라.'

나도 매일 같은 손짓.

'걱정 마!'

헐레벌떡 나왔는데도 코앞에서 버스를 놓쳤다. 다음 버스를 타려면 12분이나 기다려야 했다. 그 버스를 탔다간 지각 확정이었다. 정류장을 뒤로하고 뛰기 시작했다. 출근하는 직장인들이 나를 보며 키득거리는 소리가 간간이 들렸다. 웬 산발 머리 여고생이 말처럼 달리고 있어서겠지. 아마 내 볼은 또 빨개졌을 것이다. 조금이라도 빨리 가기 위해 건물 주차장 사이의 좁은 지름길로 들어갔는데, 나오는 쪽 끝을 트럭이 막고 있었다. 하필이면 오늘!

다시 큰길로 나와 시계를 확인했다. 7시 50분. 가방을 열어 필통 안에 든 빼빼로를 하나 꺼내 물고 뛰었다. 뛰는 속도가 점점 빨라지는 것이 느껴졌다. 남들 눈엔 무언가에 떠밀려 달리는 걸로 보일 터였다. 방금 지나친 초등학교 주변 과속 측정기에 '50km/h'가 뜬 것을 나 빼고 아무도 눈치채지 못했다.

멀리 보이는 학교 교문은 굳게 닫혀 있었다. 고개 숙인 지각생들이 선도부 선생님에게 이끌려 교문 앞에 나란히 섰다. 담임의 말이 떠올랐다. "한 번만 더 지각하면 벌점이야."

교문이 아닌 학교 뒤쪽 담벼락으로 향했다. 3미터가 족히

넘는 높이였다. 간혹 담 넘기를 시도하는 애들도 이쪽으로는 오지 않았다. 주위를 둘러보며 아무도 없는 것을 확인했다. 그리고 빼빼로 하나를 더 꺼내 물었다. 이번엔 필통 안쪽에 숨겨 둔 복숭아 맛 사탕도 함께 입에 넣었다. 빨간 양 볼이 더 빨갛게 달아오르는 것이 느껴졌다.

"할머니, 미안."

작게 중얼거렸다. 그다음,

"이얍!"

빵! 하는 소리와 함께 점프했다. 무언가에 밀려나듯 땅에서 몸이 붕 떠올랐다. 체육복 바지 위에 입은 교복 치마가 펄럭이며 주변의 낙엽들을 멀리까지 흩뜨렸다. 순식간에 담벼락을 넘었다.

여기서 잠깐!

빼빼로를 먹고 담벼락을 뛰어넘는 여고생이라니, 이게 도대체 무슨 이야기인지 당황하실 수 있지만, 이 이야기는 모두 내가 직접 겪거나 들은 것들로 이루어져 있다. 그럼 이쯤에서 밝혀야겠다.

내 이름은 홍.

그러니까 나는, 방귀쟁이 며느리의 후손이다.

방귀쟁이 며느리

초등학교 5학년 때였다. 우리 학교는 방학 동안 교외 대회에서 좋은 성적을 낸 학생들을 모아 개학식 때 전교생 앞에서 상을 주곤 했는데, 나는 '인천시어린이·청소년에어로켓발사대회'에서 은메달을 받아 강당 무대에 오르게 되었다. 그게 뭐라고 어쩐지 무진장 긴장이 되어서 전날부터 아무것도 먹지 못한 상태로 무대 아래에서 대기 중이었는데,

"먹을래?"

복숭아 맛 사탕 하나가 눈앞에 불쑥 나타났다. '전국생활체육줄넘기대회'에서 초등부 단체 줄넘기 부문 동메달을 수상하여 내 옆에서 대기하던 6학년 남자 선배들 중 한 명이 내민 것이었다.

복숭아 맛 사탕. 엄마가 절대 먹지 말라고 한 것 리스트에 들어가는 음식이었다. 당시에는 엄마 말 잘 듣는 착한 어린이였던지라 평소였다면 절대 받지 않았을 테지만 전날부터 굶어 배도 고팠고, 긴장도 됐고, 무엇보다 그 6학년 선배는 나 혼자 속으로 좋아하고 있던 학생회장이었다.

"감사합니다."

사탕을 받으며 손이 살짝 닿는 상상을 했지만 실제로 닿진 않았다. 어찌 되었든 나는 선악과처럼 느껴지는 사탕을 받아먹었다. 달큼한 복숭아 향이 입안에 퍼졌다.

"김정율, 이재원… 다홍…"

수상자들이 호명되었다. 상을 받기 위해 강당 무대에 올라, 여덟 명쯤 되는 학생들 가운데에 섰다. 강당 입구에 모인 학부모들 사이로 선글라스를 낀 엄마가 보였다. 엄마가 학교에 온 건 처음이었다. 얼떨떨한 채로 서 있는데,

꾸르륵.

무언가가 뱃속에서 부글거리는 것이 느껴졌다. 그간 한 번도 느껴본 적 없는 급격한 신호였다. 본능적으로 무언가 잘못되었음을 깨달았다. 온 정신을 아랫배에 집중하고 있는데, 어느새 내 차례. 교장선생님이 상장을 내밀었다. 나는 아무런 반응도 할 수 없었다. 새하얘진 머릿속은 오로지 한 가지 단어로만 가득 찼다.

방귀.

빠아앙!

어마어마한 폭발음이 강당 전체를 울렸다. 방귀의 위력은 엄청났다. 뒤쪽에 서 있는 선생님들의 머리카락이 거세게 휘날렸다. 접이식 의자에 앉아 있던 1학년 몇 명은 도미노처럼 우

르르 쓰러지기까지 했다. 무대 위로 무언가가 휭 날아올랐다가 바닥 한가운데에 툭 떨어졌다. 교장선생님의 가발이었다.

잠시 정적이 흘렀다. 그러다 누군가 키득키득 웃기 시작했고, 곧이어 강당은 웃음바다가 되었다. 이 상황에 놀라 엉덩방아를 찧은 학생회장 선배가 믿을 수 없다는 표정으로 곁에서 나를 올려다보고 있었다. 내 양 볼은 이미 붉어진 채였다. 달콤한 복숭아 향을 풍기며.

그다음 일들은 기억하고 싶지도 않다.

공식적으로는 강당에 갑자기 강풍이 분 것으로 정리되었지만, 나는 이후 5학년 5반 방귀녀, 태풍 방귀, 방귀 마녀 등으로 불렸다. 과자 봉지를 몰래 터뜨리고는 내 방귀 때문이라면서 죽은 척하는 애, 〈방귀대장 뿡뿡이〉 노랫말에 내 이름을 붙여 부르는 애, 아주 난리였다. 누군가가 양 손바닥을 모아 방귀 소리를 내고는 내가 뀐 거라며 놀리는 일은 조금 과장하자면 5분마다 한 번씩 있었다.

며칠 동안 학교에 가지 않았다. 집에서 이불을 뒤집어쓰고 울기만 했다. 내내 걱정스러워하던 엄마는 무언가 결심한 표정으로 전래동화책 한 권을 들고 와 읽어주기 시작했다.

《방귀쟁이 며느리》라는 책이었다.

내용은 이랬다.

옛날 옛적에 방귀를 잘 뀌는 색시가 있었는데, 마침 먼 마을에 혼처가 났다. 색시의 부모는 딸의 방귀에 대한 것은 비밀로 하고 혼사를 진행했다. 그렇게 해서 시집을 간 색시는 3년 동안이나 방귀를 참느라 안색이 노랗게 변했고, 이를 걱정한 시댁 식구들에게 비밀을 털어놓게 된다. 시댁 식구들은 대수롭지 않게 여기며 마음껏 뀌라고 허락하지만, 막상 며느리의 방귀로 인해 집 안 대들보가 날아가고 풍비박산 나자 결국 시아버지가 며느리를 돌려보내기 위해 며느리와 함께 친정으로 향한다. 가던 길에 유기 장수와 비단 장수를 만난 며느리는 방귀로 그들을 도와주는데, 그 보답으로 유기와 비단을 얻고 시아버지의 인정도 받게 되었다. 그렇게 해서 다시 시댁으로 돌아온 며느리는 오래오래 행복하게 살았다는, 그러니까 말도 안 되는 이야기였다.

이야기를 듣는 내내 나는 엄마가 고약하다고 느꼈다. 이런 옛날이야기로 나를 위로할 수 있다고 믿는 건가? 전래동화랑 내 상황이랑 같냐며 따져 묻고 싶었다. 그런데 이야기를 마친 엄마가 의외의 말을 했다.

"우리 집안 여자들은 방귀쟁이 며느리의 후손이란다."

그리고 한 마디를 덧붙였다.

"아무한테도 들키면 안 돼."

처음엔 믿지 않았다. 그냥 하는 말인 줄 알았다. 하지만 시

16

간이 지날수록 엄마가 왜 아무한테도 들키면 안 된다고 했는지 점점 이해가 됐다. 평범한 여자애가 무지막지한 방귀를 뀌는 일만큼 치욕적인 일은 드물기 때문이었다.

애들의 놀림이 계속되어 아예 다른 지역으로 전학을 갔다. 원래 다니던 학교에서는 나의 방귀 사건이 곧 철 지난 화제가 되었고, 이후엔 방귀 귀신이 나오는 학교 괴담으로 돌다가 지금은 잊혔다고 들었다. 남은 건 나의 빨간 볼뿐이었다. 그날 수치심으로 문신을 새겨 넣은 듯 빨개진 양 볼은, 다시는 원래 색으로 돌아오지 않았다. 그 뒤로 줄곧 볼빨간이라는 별명으로 불리게 된 이유다.

강당 사건으로 매운맛을 본 엄마와 외할머니는, 방귀 능력을 무조건 숨기는 대신 무엇을 조심해야 하는지 구체적으로 알려주기 시작했다. 보통 때는 평범한 방귀가 나오기에 괜찮았다. 문제는 특정 음식들이 강력한 방귀를 만들어낸다는 것이었다. 알고 보니 우리 집 반찬이 매번 똑같았던 것도, 급식실 선생님이 나에게만 알레르기 대체식을 주었던 것도 다 엄마의 방귀 조치 때문이었다. 먹지 말아야 할 음식 중엔 하필이면 떡볶이나 오뎅 같은 것들도 있어서, 친구들이 우르르 떡볶이를 먹으러 갈 때면 알레르기 핑계를 대며 거절할 수밖에 없었다. 상상이 되는가? 떡볶이를 못 먹는 중학생이라니. 그건 마치 바나나를 안 먹는 원숭이, 꿀이라면 질색을 하는 벌처럼 말도 안 되는 존재였다. 중학교 시절 내내 친한 친구가 한 명도 없을 만했다.

보기만 해도 지겨운 감자칩을 우걱우걱 씹으며 혼자 집에 돌아오는 날이면 그런 생각을 했다. 이왕 유명인의 후손일 거라면 유관순, 김구, 정약용처럼 널리 존경받는 위인의 후손이었음 좋았을걸. 전래동화에 나오는 사람의 후손이어야 한다면 하다못해 《콩쥐팥쥐》의 콩쥐나, 《해님 달님》의 오누이, 아니면 호랑이에게 떡 하나 준 아주머니의 후손이었음 좋았을 텐데. 하필이면 방귀쟁이의 후손이라니, 하필이면! 해괴망측한 능력을 전해준 방귀쟁이 며느리도 싫고, 외할머니도 싫고, 엄마도 싫고, 그냥 다 싫었다.

함박눈이 오던 어느 날, 엄마가 갑자기 사라졌다.

경찰은 실종이라고 했지만, 누군가는 집을 나간 것이라고 했다. 엄마를 찾겠다며 나갔던 외할머니는 눈사람이 다 되어 돌아와서는 한동안 앓아누웠다. 얼마 동안은 엄마가 돌아올 거라 믿었다. 늘 방문을 열어놓고 불을 켜둔 채로 잠이 들었다. 중학교 졸업식 날에 외할머니와 함께 기념사진을 찍는 그 순간까지 기다렸다. 그리고 다시는 엄마를 볼 수 없을 거라는 걸 받아들이게 되었다.

엄마가 사라지고 난 뒤부터 외할머니는 더욱더 철저하게 나의 방귀를 단속했다. 외가 쪽 집안의 내력이라면 외할머니

또한 같은 능력이 있을 것이고 그걸 숨기기가 얼마나 힘든지 잘 알 텐데도 그랬다. 한번은 빼빼로 데이에 어쩔 수 없이 받은 빼빼로를 들켜서 눈물이 쏙 빠지도록 혼이 난 적도 있었다. 외할머니는 방귀 능력뿐만 아니라 관련한 이야기를 꺼내는 것조차 싫어해서 집에서는 방귀에 대한 평범한 대화도, 농담도, 심지어 배가 아프단 말도 금지였다.

엄마와 종종 내기 화투를 치곤 했었던 외할머니는, 엄마가 사라진 뒤로 혼자 화투를 쳤다. 나도 몇 번 배워보려 했고 끼워달라고도 했지만, 할머니는 둘 다 원치 않았다. 가끔 할머니는 잠자리에서 잠꼬대처럼 울었다. 그 소리에 자다가 깰 때가 있었다. 그렇게 깨고 나면 잠이 오지 않았다.

그런 새벽이면 아무도 없는 공원의 공터로 나가 빼빼로나 복숭아 맛 사탕 따위를 먹고 방귀를 뀌곤 했다.

나도 안다. 이상한 짓이라는 거. 아무도 몰래 한 일이니 괜찮지 않을까 싶다가도, 혹시 죽은 뒤에 염라대왕이 내 일생의 하이라이트를 확인하겠다면서 이 장면을 상영하기라도 한다면 저승에서까지 놀림을 받게 되지 않을까 하는 쓰잘데기없는 생각도 들었다. 요점은 그만큼 나도 이 상황이 웃기고, 싫었다는 것이다. 하지만 방귀 추진력으로 몸이 살짝 밀리거나 둥실 떠오를 때면, 오직 이 방귀만이 엄마와 나를 연결해 주는 유일한 고리인 것만 같았다.

때때로 엄마가 절대로 먹으면 안 된다고 했던 것들을 조합하여 먹어보기도 했다. 물론 몰래. 빼빼로뿐만 아니라 떡볶이와 오뎅, 바나나우유 같은 것들 말이다. 그러다 보니 어떤 음식을 어떻게 조합하여 먹느냐에 따라 방귀의 기능이 달라진다는 것을 알게 되었다. 빼빼로만 먹으면 육상선수 뺨칠 정도로 빨리 달릴 수 있는 추진력 방귀가 나오는데, 복숭아 맛 사탕까지 먹으면 농구선수 뺨칠 정도로 뛰어오를 수 있는 점프용 방귀가 나왔다. 떡볶이와 오뎅 조합은 방귀가 연달아 나오게 했고, 바나나우유는 방귀 소리를 없애는 소음기 역할을 했다. 가장 안정적이고 유용한 효과를 만드는 재료인 빼빼로와 복숭아 맛 사탕을 필통 안 깊숙이 숨겨 가지고 다니게 된 건, 조합 결과를 웬만큼 확인한 뒤부터였다.

최.강.임.다

1교시가 끝나자, 내 앞자리의 최지윤이 몸을 돌려 뒷문을 바라봤다. 이내 다른 반인 강별과 임소이가 들어와 우리 앞에 섰다.

이른바 '최.강.임.다'였다. 그게 뭐냐고? 자, 이제부터 설명할 거다.

우리 넷은 1학년 때 같은 반이었다. 1학기 초에 조별 과제를 하다가 친해지게 되었다. 우리는 각자의 성을 합쳐 조 이름을 정했고, 그게 바로 '최.강.임.다'였다.

말이 씨가 되었다. 우리는 과제 성적도 최강이었고, 친구로서도 최강이었다. 덕분에 늘 혼자였던 중학교 때와는 다른 생활을 할 수 있었다. 급식 시간마다 어느 빈자리에 앉아야 할지 고민할 필요가 없어졌고, 화장실 앞에서 카톡하며 나를 기다려 줄 사람도 생겼다. 때마침 마라탕과 탕후루의 대유행으로 떡볶이집에 덜 가게 된 것 또한 내겐 좋은 일이었다. 우리는 넷이지만 하나였고, 하나지만 넷이었다. 비록 2학년이 되면서 여러 반으로 갈라졌지만, 쉬는 시간이면 강별과 임소이가 넷 중 둘이

있는 우리 반으로 와 눌러앉아서 놀곤 했다. 학년 초에는 우리
가 모두 같은 반인 줄 아는 애들도 있었을 정도였다.

"볼래?"

임소이는 자랑할 게 있을 때 꼭 그렇게 말했다. 그냥 보여주
든가.

"뭔데?"

"재원 선배 거야."

임소이가 들고 있던 수면 안대를 내밀었다. 이게 재원 선배
건지 어떻게 아냐고 물으려는데 안대 귀퉁이의 조그마한 라벨
에 적힌 '이재원'이라는 이름이 보였다.

그래서 질문을 바꿨다.

"어디서 났어?"

"당근에서. 선배랑 독서실 같이 다니는 애가 주웠대."

"샀어? 얼마에?"

내가 묻자, 임소이가 손가락 세 개를 펼쳐 보였다.

"미친년. 좋겠다."

최지윤이 어이없어하며 부러워했다. 어깨를 으쓱한 임소이
가 수면 안대의 냄새를 음미했다. 미친년이 맞았다.

그 모습을 본 강별이 한술을 더 떴다.

"다른 건 없대?"

"다른 거 뭐?"

"양말이라든가?"

우리 넷의 웃음소리가 교실을 채웠다.

그러니까, 학교 최고의 슈퍼스타인 재원 선배는 우리 넷의 공통 관심사였다. 정석 미남이라고 보긴 어렵지만 큰 눈과 하얀 피부를 가진 디즈니 상으로 예전부터 유명하긴 했다. 중학생 시절에 아이돌 연습생 생활을 잠깐 했었다는 소문도 돌았다. 선배를 잘 모르던 머글들에게도 선배가 알려지게 된 건 작년 체육대회 축구 결승전 덕분이었다. 경기 종료 직전 혼자 수비수 세 명을 제치고 넣었던 역전 결승골은, 그를 명실상부 교내 최고의 스타 반열에 올려놓기에 충분했다. 최지윤과 임소이처럼 진작부터 외모에 빠진 애들뿐만 아니라, 강별처럼 축구 실력에 빠진 애들까지 끌어들인 것이었다. 그렇다면 나는? 내가 재원 선배에게 빠져 있는 이유는 그 애들과는 또 달랐다.

"어? 대박. 너랑 같은 초등학교 나왔나 봐."

국정원 저리 가라 할 정도의 정보력을 가진 내 친구들이 알아낸 바에 의하면, 나와 재원 선배는 같은 초등학교 출신이었다.

"학생회장이었나 봐. 꺄! 볼 봐. 귀여워."

친구들이 찾은 재원 선배의 초등학교 졸업 사진을 보자, 어렴사리 잊고 지냈던 기억들이 떠올랐다. 그러니까 문제의 방귀 사건 당시, 나에게 복숭아 맛 사탕을 주고, 내 방귀에 놀라 자빠

겼던 학생회장 선배의 이름이 여태껏 '재훈'인 줄 알았는데 '재원'이었던 것이다.

고3인 데다가 공부에 운동에 바쁜 그가, 오래전 잠깐 스치듯 만난 나라는 존재를 기억할 리는 없다고 생각했다. 하지만 놀란 얼굴로 날 바라보던 어린 재원 선배의 눈빛을 떠올릴 때면, 아무리 잠깐 스쳤다고 해도 그게 유성 매직급이었다면 아직 안 지워졌을지도 모른다는 불안한 마음도 들었다.

혹시라도, 공연히, 괜스레 긁어 부스럼을 만들지 않기 위해, 내 쪽에선 재원 선배를 볼 수 있어도 재원 선배는 나를 볼 수 없도록 늘 거리를 두었다. 간혹 복도를 지나다 갑자기 마주치게 되는 상황이라도 벌어지면, 나는 재빨리 한 손으로 얼굴을 가리고 남은 한 손으로는 명찰을 숨겼다. 그 행동이 너무 부자연스러워 불필요한 주목을 더 끌게 됐다 싶을 때는, "에에취! 에취!" 하고 심각한 독감에라도 걸린 사람처럼 사방으로 가짜 기침을 해대면서 주변에 아무도 얼쩡거리지 못하게 만들었다.

혼자 복도에서 그러고 있다 보면 어디선가 엄마의 목소리가 들리는 듯했다.

'아무한테도 들키면 안 돼.'

문제는 친구들이었다.

최지윤과 임소이가 주변의 눈치를 살피며 나를 어딘가로 끌고 가길래 화장실 같이 가자는 건 줄 알고 따라나섰는데, 알고 보니 재원 선배에게 팬레터와 간식을 주겠다고 3학년 교실 앞에 가는 것이었다. 방심했다. 급히 자리를 피하려다가, 재원 선배와 딱 마주쳐 버렸다.

"선배! 수능 준비 힘내세요!"

초콜릿이 가득 담긴 쇼핑백을 건네며 최지윤이 외쳤다. 고맙다며 쇼핑백을 받아 든 재원 선배가 교실로 돌아가려다 말고 나를 유심히 보며 말했다.

"어? 우리 어디서 본 적 있지 않아?"

"아니오오. 절대. 모르는데오오."

목소리를 3옥타브쯤 낮춰서 대답했다.

최지윤이 나를 팔꿈치로 쿡쿡 찌르며 호들갑을 떨었다.

"오올, 뭐야, 드라마야 뭐야."

임소이가 한술을 더 떴다.

"얘 선배랑 같은 초등학교 나왔어요."

"진짜? 인천 명신초?"

"… 예에에."

친구냐 웬수냐. 재원 선배가 내 명찰을 보려 하는 것 같길래, 급히 양팔을 펴고 팔 벌려 뛰기를 했다. 헛 둘 헛 둘! 다이어트 중이란 핑계를 댔다. 그러다 도망쳐 버렸다. 뒤도 돌아보지 않고 복도를 뛰는데 친구들이 꺄르르 웃는 소리가 들렸다. 어쩐지 나를 비웃는 소리 같았다. 빨간 볼이 한층 더 빨갛게 달아

올랐는지 화끈거렸다.

교실로 돌아와 머리를 쥐어뜯었다. 머릿속에서 재원 선배와 친구들이 나누는 가상의 대화가 들려왔다.

"나 쟤 알아. 쟤가 초등학교 때 방귀를 뀌었는데…!"

"진짜요? 대박! 캬하하!"

교실 스피커에서 안내 방송이 나왔다.

"2학년 2반 방귀쟁이는 지금 즉시 교무실로 오시기 바랍니다. 크큭! 다시 한번 말씀드립니다. 볼 빨간 방귀쟁이는…"

반 애들, 아니 전교의 모두가 입을 맞춰 합창했다.

"방귀쟁이! 방귀녀! 뿌르르빵빵!"

최악의 상상이었다.

하지만 정작 그날에 벌어진 최악의 상황을 맞이한 건 내가 아닌 다른 사람들이었다.

평범한 하교 시간이었다. 학생들로 가득한 시내버스가 고가
도로에 올라섰다. 통행하는 차량은 많지 않았다. 버스가 갑자기
중심을 잃고 좌우로 비틀거렸다. 나중에 알려진 운전기사의 증
언에 따르면 핸들이 난데없이 제멋대로 움직였다고 한다. 버스
가 중앙선을 넘자, 반대편에서 오던 승용차가 경적을 빠앙! 울
렸다. 놀란 버스 기사가 급히 핸들을 꺾으며 브레이크를 밟았
지만, 이미 늦었다.

콰앙!

버스는 고가 난간을 절반 가까이 타고 넘어간 상태로 멈췄
다. 부서진 난간의 지지대 일부가 5미터쯤 아래로 떨어졌다. 곳
곳에서 사람들의 비명이 들렸고, 차들의 경적과 경보음이 멀리
까지 울려 퍼졌다.

내가 버스를 발견한 건 사고가 막 일어난 후였다. 하굣길에
고가도로 주변을 걷던 중이었다. 커다란 충돌음에 놀라 큰길로
나와보니 버스가 고가 난간에 아슬아슬하게 걸쳐져 있었다. 버

스의 무게를 겨우 지탱하고 있는 지지대가 점차 꺾여 내려가는 것이 맨눈으로도 보였다. 저대로라면 오래 버티기는 힘들 것 같았다. 반쯤 기운 버스 안에 있던 사람들이 창문을 통해 밖으로 탈출하는 중이었다. 하지만 버스 앞쪽에 탄 승객 몇 명은 쉽사리 움직이기 힘든 모양이었다. 그중 몇 명은 우리 학교 교복 차림이었다.

고가 아래에 있던 사람들은 버스 추락을 예상한 듯 멀찌감치 몸을 피했지만, 그저 발만 동동 구르진 않았다. 핸드폰으로 어디론가 신고 중인 사람, 무어라 소리를 지르며 행동을 지시하는 사람, 소화기를 들고나와 화재에 대비하는 사람도 있었다.

나는?

나도 무언갈 해야 한다는 생각이 들었다. 다른 생각을 할 겨를이 없었다.

가방을 탈탈 털어 필통 안에 있던 빼빼로와 복숭아 맛 사탕을 한꺼번에 입으로 욱여넣었다. 온통 버스에 쏠린 주변 사람들의 시선과 CCTV 사각지대의 위치를 확인한 나는, 골목 옷가게 한쪽에 세워진 마네킹을 향해 다가갔다.

버스 앞자리에 탔던 학생 중에는 재원 선배도 있었다. 선배는 몇몇 어른과 함께, 부상을 입었거나 노약자인 승객들부터 차례차례 창문 밖으로 내보냈다. 마지막으로 남은 사람은 운전석에 앉은 채로 기절한 버스 기사였다. 선배가 그에게 다가가려 하는데, 버스가 심하게 휘청거렸다. 난간 지지대가 더 이상 버티지 못해 버스가 고가 아래로 떨어지기 직전이었다. 시간이 없었다. 사람들의 만류에도 재원 선배는 버스 기사를 향해 몸을 날렸다. 기절한 버스 기사를 둘러멘 선배가 겨우 그를 창밖으로 내보내려는데,

꽈드득!

지지대가 부러지면서 균형을 잃은 버스가 크게 기울었다. 비명 소리에 묻혀 사람들에겐 잘 들리지 않았겠지만 그때 '빠방!' 하는 폭발음과 함께 무언가가 기울어지는 버스를 향해 튀어 올랐다. 정확히는 날아올랐다.

봄/가을 시즌 베이지색 트렌치코트를 입고, '충격 70% SALE'이라고 적힌 쇼핑백을 머리에 뒤집어쓴 사람, 나였다.

트렌치코트가 꽤 길어서 얼핏 봤다면 트렌치코트와 쇼핑백이 떨어지려는 버스를 받치고 있는 건가 싶었을 수도 있다. 하지만 '빠방! 빠방!' 하며 펌프질이 연달아 일어날 때마다 트렌치코트가 망토처럼 격하게 흔들렸기 때문에, 조금만 지켜보면 안에 사람이 있다는 사실 정도는 알 수 있었을 것이다. 물론 펌프질의 정체는 추진력 방귀였고 말이다.

쇼핑백에 뚫어둔 눈 구멍으로 상황을 살피다가, 버스 유리창 너머의 재원 선배와 마주쳤다. 버스 기사를 둘러멘 재원 선

배는 눈이 휘둥그레져 있었다. 그럴 만했다. 트렌치코트 차림에 쇼핑백을 뒤집어쓴 사람이 떨어지는 버스를 받아내고 있었으니까. 재원 선배는 자신에게 닥친 위기를 까먹기라도 한 듯 멀뚱히 나를 쳐다보기만 했다.

"빠, 빨리! 빨리!"

나는 평소보다 3옥타브 낮은 목소리로 외쳤다. 이번엔 일부러 그랬다기보단 힘들어서 그랬다. 내 외침에 정신을 차린 재원 선배가 창밖 사람들의 도움을 받아 버스 기사를 먼저 내보냈다. 이제 재원 선배의 차례였다. 상반신이 거의 빠져나왔는데, 결국 버스가 고가 아래로 떨어졌다. 콘크리트 바닥으로 곤두박질친 버스는 폭발을 일으켰다.

나중에 듣기로, 그때 두 눈을 질끈 감았던 재원 선배는 몸이 하늘에 두둥실 뜬 느낌이 들어서 죽었나 보다 생각했었다고 한다. 조심히 눈을 뜨고서야 트렌치코트가 자신을 양팔로 안은 채 떠 있다는 걸 알았다고.

트렌치코트, 그러니까 나는, 고가도로 위에 재원 선배를 안전하게 내려줬다. 착륙하느라 방귀를 살살 뿜을 때 재원 선배가 좀 쿵쿵 냄새를 맡는 것 같아 놀라서 쿵! 내려와 버리긴 했지만, 다칠 정도는 아니었다.

재원 선배는 바닥에 앉은 채로 나를 올려다보며 무어라 더듬거렸다.

"어, 저, 그…"

빠방! 나는 남은 방귀로 그곳을 재빨리 벗어나야만 했다.

그날 저녁 내내, TV 뉴스는 내가 본 버스 추락 사고에 대한 내용으로 도배가 되었다. 큰 재난이 될 뻔한 사고였는데 시민들의 용기와 협력으로 몇 명이 경상을 입는 정도에 그쳤다는 것이었다. 외할머니는 하굣길에 그런 일이 있었다는 데 놀랐는지 혹시 주변을 지나치다 다치거나 하진 않았냐며 몇 번이나 되물었다. 나는 외할머니를 안심시켰다. 다친 덴 없었다. 그보다는 놀라고 긴장된 마음이 아직도 진정되지 않아서 자리에 앉아 있지 못하고 괜히 거실을 걸어 다니는 중이었다. 뉴스 화면엔 부서지고 전소된 버스의 모습과 함께 '경상 3명에 그쳐, 기적적'이라는 자막이 반복해서 나왔다. 다행이라는 생각을 하고 있는데, 뒤이어 한껏 흥분한 앵커의 목소리가 들렸다.

"누리꾼들은 무엇보다 이번 버스 추락 사고 현장에서 포착된 정체불명의 여성에 대해 궁금해하고 있습니다. 각종 추측이 난무하는 가운데, 누리꾼들은 이 여성에게 이런 별명을 붙였습니다."

펌핑걸.

누군가 펌프질로 세게 밀어 올린 듯 공중에 떠오르는 모습을 보고 지은 별명이라고 했다. 펌핑걸이라니, 방귀 어쩌구보다는 훨씬 나았다. 귀엽기도 하고. 펌핑걸이 나라는 걸 혹시라도 할머니에게 들킬까 봐 재빨리 채널을 돌렸는데, 돌려도 돌려도 펌핑걸 얘기였다. 다행히 할머니는 어느새 부엌일에 몰두해 있었다.

"펌핑걸로 불리는 이 여성에 대해서 알려진 것은 아무것도 없습니다. 당시 상황을 찍은 제보 영상에 의하면 트렌치코트 차림에 머리에는 쇼핑백을 쓴 모습으로…"

앵커는 마지막에 이런 말을 덧붙였다.

"당신은 진정한 영웅입니다. 고맙습니다, 펌핑걸."

그 후로 며칠 동안 학교도 펌핑걸 이야기로 떠들썩했다. 친구들은 물론이고 수업 때 들어오는 선생님마다 펌핑걸의 정체에 대해서 한 마디씩 추측성 멘트를 던지니, 분위기는 쉬이 가라앉지 않았다.

특히 펌핑걸을 가까이서 마주했다는 이유로 방송 인터뷰까지 한 재원 선배에게 전교생의 이목이 쏠렸다. 쉬는 시간마다 재원 선배를 찾아간 학생들 때문에 펌핑걸에 대한 이야기는 순식간에 학교 전체로 퍼졌다. 왜곡된 채로 말이다. 2교시 쉬는 시간에는 펌핑걸의 키가 170센티미터 이상이라고 하더니, 점심시간쯤엔 180센티미터라고들 떠들었다. 엄청난 미인이라는 말도 돌았고, 운동선수 출신의 근육질이라는 얘기도 나왔다.

"펌핑걸!"이라고 세 번 외치면 눈앞에 나타난다는 소문 탓에 곳곳에서 펌핑걸을 부르는 소리가 들렸다. 정부 특수 요원, 외계인, 미국에서 만든 인공지능 로봇…. 펌핑걸의 정체를 두고 온갖 소문이 돌았다. 오늘 하루 사이에 전교에 퍼진 얘기만 해도 그 정도였다.

물론 나는 그런 호들갑들을 대할 때마다,

"아, 그렇대?"

"정말? 으응~"

하며 멀찌감치서 지켜볼 뿐 굳이 참전하지 않았다. 잠수함처럼 소문의 바다 아래에 숨어 조용히 긴장과 흥분을 느끼며 들떴다.

며칠 동안 포털사이트 기사와 SNS의 댓글들을 보느라 핸드폰에서 눈을 떼지 못했다. 잠을 자려고 누웠다가도 새로 올라온 내용이 있는지 궁금해 다시 핸드폰을 보는 바람에 밤을 꼬박 새운 적도 있었다. 나는 생각했다.

어쩌면 이게 내 운명인 건 아닐까.

오래전 방귀 능력으로 사람들을 도왔다는 방귀쟁이 며느리 조상님처럼, 나도 방귀로 사람들을 도와야 하는 운명이자 숙명을 타고난 것은 아닐까? 그러니까 일종의, 슈퍼히어로처럼? 이런 생각까지 드는 건 새벽 시간에는 늘 그렇듯 과잉 센티해진 탓이었다. 조용히 창고로 향했다. 외할머니가 버리려고 박스에 모아둔 엄마 옷 중에서 트렌치코트를 찾아내 입었다. 버스 사고 당시에 입었던 것과 똑같진 않았지만, 길고 베이지색이긴 했다. 기왕이면 이쁜 쇼핑백이 없을까 싶어 찾아봤는데 마땅한 게 없었다. 종이 쇼핑백은 금방 찢어질 것 같고, 브랜드 로고가 너무 큰 걸 쓰면 어쩐지 좀 광고하는 사람처럼 보일 것 같았다. 결국 외할머니가 추석 선물로 받은 홍삼 엑기스가 담겨 있던 쇼핑백을 뒤집어썼다.

복장을 갖추고 거울 앞에 서니 꽤 그럴싸해 보였다. 뭐에 씌어서 그래 보였는지도 모르겠다. 양손을 허리에 올리고 가슴을 쭉 펴는 슈퍼맨 포즈를 한번 해봤다가, 몸을 낮추고 한 손을 앞으로 뻗는 스파이더맨 포즈도 괜히 한번 해보고, 나만의 포즈를 만들어볼까 싶어 살짝 무릎을 굽히고 양손을 뒤로 뻗어보기도 했는데 흉해 보이길래 그쯤에서 그만두었다. 트렌치코트와 쇼핑백은 가방 안쪽에 깊숙이 넣어두었다. 혹시 모르니까.

다시 침대에 누워 펌핑걸에 관한 기사를 뒤적거리다 보니 문득 엄마 생각이 났다. 엄마가 펌핑걸이 된 내 모습을 봤다면 뭐라고 했을까 싶었다. 엄마는 늘 바빴다. 하지만 무슨 일을 하는지, 어떤 직장을 다니는지 알 수 없었다. 가끔 학교에서 부모님의 직업에 관해 조사할 때면 엄마가 알려준 대로 '자영업'이라고 적을 뿐이었다. 내가 기억하는 건 엄마도 매일 아침 다른 어른들처럼 단정한 옷을 갖추어 입고 출근을 했다는 것이었다.

엄마는 눈에 병이 있다면서 자주 선글라스를 끼고 다녔는데, 나는 그게 멋있다는 생각을 했다. 엄마가 지금의 나를 본다면 멋지다고 생각하려나. 글쎄, 엄마는 하지 말란 말을 달고 살았다. 아마 펌핑걸이 된 내 모습을 보고도 그랬을 것이다.

하지 말라고.

그래서였을까? 꿈에 엄마가 나왔고, 그 탓에 늦잠을 잤으며, 지각을 하지 않으려 뛰었지만, 버스를 놓쳤고, 결국 몰래 학교 담벼락을 넘기 위해 방귀를 뀌었다.

그러니까, 이 글의 초반에 밝혔던 내용대로다.

여기까지가 펌핑걸로서 본격적으로 활약하기 전 내게 벌어진 일들이었다.

아까 어디까지 말했다가 과거 이야기로 넘어갔더라? 아, '담 벼락을 넘었다'까지였다(잘 기억이 나지 않는다면 나처럼 12페이지로 돌아갔다 와도 된다). 아무튼 담을 넘었는데 문제가 생겼다.

담벼락 아래 누가 있었다. 떨어지는 속도나 방향을 제어할 새도 없이 그 위로 떨어졌다.

"으아아!"

내 비명이었는지, 내 밑에 깔린 선배의 비명이었는지 모르겠다. 고개를 들자, 놀란 표정의 3학년 선배들이 보였다. 내가 깔고 앉아버린 선배까지 더해 세 명의 일진 선배들이 담배를 물고 있었다. 나보다 겨우 한 살 많을 뿐인데, 어쩐지 3학년 선배들은 교복 입은 어른처럼 보였다.

어리둥절해하고 있는데 내 밑에 깔려 있던 선배가 나를 밀치며 기어 나와 제 허리를 잡았다.

"아, 씨발. 아 허리야. 아이 씨!"

"죄, 죄송, 죄송합니다!"

"푸흡."

우리를 내려다보던 일진 선배들의 웃음이 시간차를 두고 터졌다. 아무래도 하늘에서 떨어진 여자애한테 깔리는 일은 흔치 않으니까. 옆에서 신나게 웃는 바람에, 얼어 있던 내 얼굴도 일순간 미소를 지었나 보다.

"야! 애 웃는다. 크크. 지 생각에도 웃긴가 봐."

분위기는 금방 험악해졌다. 특히 허리를 붙잡고 있는 선배는 쪽이 팔려서 그랬는지 진짜 화가 나서 그랬는지, 자꾸 "확!" 이러면서 금방이라도 날 때리려는 시늉을 몇 번이나 했다. 다행히도 그중 제일 강해 보이는 선배가 됐으니까 꺼지라면서 나를 그냥 보내주었다.

꾸벅 인사하고 돌아가려는데, 선배들 뒤에 가려져 있던 2학년 혁이 눈에 들어왔다. 혁은 우리 학교 학생이라면 누구나 아는 왕따였다. 혁의 터진 입술에서는 피가 흘렀고, 흰 교복 와이셔츠 곳곳에는 발자국이 나 있었다. 그 모습을 보고도 그냥 지나칠 수는 없었다.

지금의 난 볼 빨간 홍이 아니라, 진정한 영웅 펌핑걸이니까.

교실로 돌아가는 척하고, 1층 교직원 화장실로 들어갔다. 지금쯤이면 교무 회의 시간일 거라는 예상이 적중했다. 화장실에는 아무도 없었다. 빈칸에 들어가 가방 안에서 엄마의 트렌치코트를 꺼내 걸치고 홍삼 브랜드 쇼핑백을 뒤집어썼다. 복장을 갖추고 일진들과 혁이 있는 신관 건물 뒤편으로 향하긴 했는데, 결정해야 할 게 하나 있었다. 어떻게 등장하느냐였다. 저번에 버스 사고가 났을 땐 그런 걸 생각할 겨를이 없었지만, 이제는 얘기가 좀 달라졌다. 나는 공인이 되었고, 공인은 행동 하나하나에 신중을 기해야….

"펌핑걸이다!"

우리 학교와 마주 보고 있는 초등학교의 복도 창문 너머에서 꼬맹이 하나가 나를 향해 손가락질을 했다. 순식간에 초등학생들이 창문 앞으로 우르르 몰려들었다. 들켜버렸으니 어쩔 수 없었다. 입안에 있던 빼빼로와 복숭아 맛 사탕을 부숴 삼켰다. 그리고 그대로 점프했다. 빠방!

이번에 뛰어오른 높이는 담벼락 정도가 아니었다. 아예 학교 옥상 위로 단번에 올랐다. 그곳에 서서 내려다보니 담벼락 앞의 일진 선배들이 개미처럼 작게 보였다.

일진 선배들은 혁을 구석에 몰아넣은 채로 괴롭히고 있었다. 담배 연기를 혁의 얼굴을 향해 뿜고는, 혁이 콜록거리면 때리려는 듯 위협을 가했다. 나는 심호흡을 했다. 속으로 하나, 둘, 셋을 세고 뛰어내렸다. 마치 번개처럼 빠르게 떨어져 내려가다가 땅에 닿기 직전에 방귀로 낙하 속도를 줄여, 짠! 멋있게 나타날 생각이었다. 하지만 날아오르는 것에 비해 뛰어내리는 일에는 아직 능숙하지 않았다. 제대로 착지하지 못해 발이 아플까 봐 겁도 났고. 그 결과 땅에 닿기 한참 전에 속도를 줄이는 방귀를 소진해 공중에 풍선처럼 둥둥 뜨게 되었다.

"어, 어…. 아, 아….'

허공에 뜬 채로는 균형을 잡기 힘들어 영 어설픈 자세로 슬금슬금 착지했다.

그리고 말했다.

"쨔, 짠….'

짠은 하지 말걸, 하고 이튿날까지 후회했다. 등장은 망해버렸지만 아무튼 일진 선배들 입장에서는 갑자기 눈앞에 둥실대며 나타난 트렌치코트에 놀라지 않을 수 없었을 것이다. 말문이 막힌 일진 선배들은 뒷걸음질을 치다가 자기들끼리 뒤엉켜 넘어지고 담뱃불에 데고, 난리도 아니었다. 힘없이 뜨여 있던 혁의 눈이 왕방울만 하게 커졌다.

일진 선배들 중 누군가 외쳤다.

"퍼, 퍼, 펌핑걸?!"

일진 선배들은 내가 뭐라 하지도 않았는데 자신들이 뭔가 잘못한 걸 알긴 아는지 주춤거렸다. 이때다 싶어 3옥타브 낮춘 목소리로 최대한 근엄하게 말했다.

"다른 학생우을 괴롭히지 마아롸아."

일진 선배들은 서로의 얼굴을 마주 보다가, 내 몰골을 훑어 보다가, 해볼 만하다고 생각했는지 도망치는 대신 나와 조금

거리를 둔 채로 따져 물었다.

"뭐, 뭐 어쩌라구요?"

"퍼, 펌핑걸이면 다야?"

솔직히 일진 선배들이 덤벼오면 이길 자신은 없었다. 언젠가 책에서 본 적 있는데 진짜 승리는 싸우지 않고도 이기는 것이라고 했다. 나는 일진 선배 한 명에게 악수하듯 손을 내밀었다. 그리고 선배의 손을 잡는 척하다가 양팔로 선배의 몸을 꽉 안았다. 뒤이어 곧장 방귀의 힘으로 옥상까지 날아올랐다.

"으아아!"

다시 방향을 바꿔 착지할 때까지 일진 선배는 쉬지 않고 비명을 질러댔다. 충격 없이 멀쩡히 땅에 닿았지만, 선배는 다리가 풀렸는지 비틀거렸다.

나는 했던 말을 한 번 더 했다.

"다른 학생우을 괴롭히지 마아라아."

서로의 눈치를 보던 일진 선배들은 다리 풀린 선배를 버리고 도망갔다. 다리 풀린 선배는 같이 가자며 절뚝이면서 그 뒤를 따랐다.

혼자 남은 혁이 조용히 말했다.

"사… 번, 만…."

"뭐라고오?"

"사진 한 번만…."

기꺼이 찍어주고 자리를 떠났다.

이후로도 펌핑걸로서의 내 활약은 계속되었다.

영화 속에 종종 나오는 은행 강도나 총기 난사 사건이 우리나라에서는 벌어지지 않아 참 다행이었다. 나는 주로 오르막길을 오르는 할머니의 무거운 짐을 들어주거나, 아무 데서나 잠든 취객을 안전한 곳에 옮겨놓거나, 높은 곳에 올라가 버린 길고양이를 구해주거나 했다.

펌핑걸의 그런 활약이 SNS를 통해 이슈가 되면서, 펌핑걸처럼 트렌치코트와 쇼핑백을 착용하고 남을 돕는 '#펌핑걸_챌린지'가 유행하기까지 했으니 어쩐지 뿌듯한 기분까지 들었다. 챌린지 영상 속에서 펌핑걸 의상을 입은 사람들이 말했다.

"다른 사라므을 괴롭히지 마아롸아."

이제 유행어가 된 그 대사도, 나처럼 3옥타브 낮은 목소리로 다들 곧잘 흉내 내었다. 물론 진짜 펌핑걸은 나 하나였지만.

★

그 무렵, 버스 사고가 있었던 고가도로 인근 가게들에 하와이안셔츠를 입은 수상한 사내들이 나타나기 시작했다고 한다.

뉴스 기자나 유튜버들은 사고의 목격자인 가게 사장님들을 인터뷰하러 왔지만, 하와이안셔츠들에게는 다른 목적이 있어 보였다는 게 사장님들의 공통된 의견이었다.

게다가 나중에 밝혀진 바로는, 그들은 인근 가게들의 사고 당일 CCTV 녹화본을 사들였다고 한다. 뿐만 아니라 당시 근처에 주차되어 있던 차들을 찾아내 그 차들의 블랙박스 영상까지 샀다고 하니, 정보 수집 능력과 자금력이 보통 수준은 아닌 모양이었다. 가게 사장님들과 차주들이 얼마에 영상을 판매했는지 밝히진 않았지만, 꽤 쏠쏠한 금액이었음은 분명해 보였다. 아마 입막음용 돈이었겠지.

이후에도 하와이안셔츠 사내들은 펌핑걸이 등장했다고 알려진 모든 곳에 나타나 비슷한 방식으로 정보를 싹쓸이해 갔다고 한다. 그런데 정말 이상한 건, 하와이안셔츠들을 만났던 사람 모두가 그들의 얼굴을 전혀 떠올리지 못한다는 점이었다. 사람들이 기억하는 건 그 요란한 무늬의 셔츠뿐이었다.

다들 입을 모아 이렇게 말했다.

"얼굴은 생각이 안 나. 머릿속에 안개라도 낀 것처럼 기억이 흐릿해. 확실하게 기억나는 건 셔츠뿐인데 말야. 그게 그러니까, 이상하게 자꾸만 보게 되더라고, 그 하와이안셔츠."

과학적 호기심

학교를 마치고 집으로 돌아가는 길이었다. 한 할머니께서 본인 몸의 세 배도 넘어 보이는 박스 더미를 얹은 카트를 끌고 계셨는데, 신호가 바뀌는 바람에 횡단보도 가운데에 갇혀버렸다. 얼른 펌핑걸 복장을 갖추고 목적지까지 무사히 모셔다 드리고 왔다.

그래선지 괜스레 외할머니 생각이 많이 났는데, 집에 들어서자마자 외할머니가 나를 보고 양팔을 벌린 채 마당으로 뛰쳐나오는 게 아닌가.

"할머니…."

내 말랑한 마음이 전달되기라도 한 것일까? 역시 피는 못 속인다. 어쩐지 눈시울이 붉어질 것 같았는데…

짝!

외할머니가 내 등짝을 때렸다.

알아버린 것이다. 내가 펌핑걸이란 사실을. 아마도 '#펌핑걸_챌린지'와 관련한 특집 뉴스를 봤을 것이라고 짐작하지만, 정확하진 않다.

외할머니는 내 가방 안에 있는 트렌치코트를 보고는 더 크게 화를 내며 수어로 가능한 온갖 종류의 욕을 퍼부었다. 그러다 아예 빗자루를 찾아 본격적으로 매를 들었다. 나는 마당에서, 거실로, 부엌에서, 방으로 돌아다니며 도망을 쳤다. 처음엔 무조건 잘못했다고 했지만, 몇 대를 정통으로 얻어맞으니 억울해졌다. 아무한테도 정체를 들키지 않았고, 무엇보다 좋은 일을 한 건데, 칭찬은 못 해줄망정!

"내가 뭘 잘못했는데요?!"

구석에 몰린 채로 따지듯 외쳤다. 매질을 막느라 수어를 하지 못해 소리를 쳤지만, 외할머니는 대충 알아들은 것 같았다. 외할머니는 답답한 듯 당신 손으로 가슴을 몇 번 치더니, 오른 주먹의 검지를 반쯤 구부려 코앞에 댔다가, 검지와 엄지를 구부려 오른쪽 뺨을 살짝 잡았다.

'들키면 안 돼!'

그리고 그 말을 반복했다.

답답한 건 나 역시 마찬가지였다. 별다른 설명도 없이 언제나 들키면 안 된다고, 하지 말라고만 한다는 점에선 엄마도 외할머니도 똑같았다. 심지어 방귀 능력은 내가 선택한 것이 아니었다. 피할 수도 없었다. 평생 이렇게 자신을 숨기며 살아야 한다는 생각까지 드니 답답해 미칠 지경이었다.

나는 엄지와 검지를 약간 구부려 턱에 대며 외쳤다.

"싫어!"

외할머니의 손동작이 잠시 멈췄다.

"나도 싫다고! 왜 하필이면 방귀쟁이 집안이야! 맨날 그래, 맨날! 안 된다고만 하고, 마음대로 사라져버리기나 하고, 엄마도 할머니도 다 똑같아!"

외할머니가 고개를 돌리며 수어를 했다. 손끝이 떨리는 것이 보였다.

'넌 아무것도 모른다.'

"그래. 몰라! 그렇다고 해도, 다른 사람을 돕는 게 뭐 잘못이에요?"

외할머니의 손이 천천히 움직였다. 마치 오래된 기억을 더듬는 듯했다.

'네 엄마도, 처음엔, 그랬다.'

엄마가? 처음 알게 된 이야기였다. 엄마도 나처럼 방귀 능력으로 무언가 했던 것일까?

"엄마가 뭘 했는데요?"

외할머니는 특유의 고집스러운 표정으로 고개를 저었다. 그러곤 또 그 지겨운 손짓을 반복했다.

'들키면 안 돼.'

나는 오른손 끝으로 오른쪽 어깨 위를 쓸듯이 움직이면서,

거의 울부짖었다.

"안 들켜요! 아무도 모른다니까요!"

너의 정체를 알고 있다.
5층 과학실, 점심시간에.

책상 안의 쪽지를 발견한 건 다음 날 2교시 영어 시간이 시작된 직후였다. 들키고 말았다. 말이 씨가 된 것이었다. 누가 보냈을까? 수업 시간 내내 우리 반 애들의 표정을 살폈다. 하지만 쉬는 시간이면 다른 반 애들도 우리 반을 숱하게 오가니, 쪽지를 넣은 사람이 우리 반 애라고 단정할 수는 없었다.

절대 들통나면 안 돼. 속으로 몇 번이나 되뇌었다. 펌핑걸에 대한 소문이 처음 퍼질 때의 속도와 왜곡의 정도로 보아 내 정체가 탄로 나면 벌어질 일은 뻔했다. 펌핑걸이 실은 방귀쟁이고 그 방귀쟁이가 바로 나라는 소문이 퍼지는 그날부터 나는 이름 대신 2반 방귀녀로 불릴 것이 분명하며, 내 책상 속은 누군가가 넣어둔 고구마나 계란 같은 음식으로 가득 찰 것이고, 애들이 뀌어대는 손바닥 방귀 때문에 샘들이 수업을 못 할 지경이 될 터였다. 내가 아니라고 오해라고 말해봤자, 재원 선배가 나에 대한 기억을 떠올려 뉴스 인터뷰 같은 자리에서 증언이라도 한다면 내 말은 쉽게 신뢰를 잃을 게 틀림없다. 그리고 전국적인 놀림거리로 전락한 나는, 쓰라린 절교를 당하고 '최.강.임.다'에서 제외될 것이다. '최.강.임.다'는 '다'를 맡았던 내가 빠져도 여전히 '최.강.임'이라서 건재할 테고, 언젠가는 '다'가 있었다는 사실조차 잊힐 것이다. 나는 다시 혼자가 될 테지. 어딜 가든 방송국 사람이나 유튜버들, 어쩌면 지나다 마주치는 사람들까지 내게 방귀 시연을 요청할 수도 있다. 버스 사고 현장에서 사람을 구한 영웅이라는 명예는 금방 쉽게 사라지고 무지막지한 방귀를 뀌는 여자라는 치욕만이 남겠지. 얼마 후 〈그것이 알고 싶다〉에서 "그런데 말입니다. 단순한 방귀라고 하기엔 석연치 않은 구석이 있습니다"라며 내 정체를 심도 깊게 파헤친 뒤, '방귀쟁이의 최후'라는 제목의 실화 기반 넷플릭스 시리즈가 만들어져 흥행이라도 해버리면, 미국 한가운데서부터 아프리카 오지에 이르는 전 세계 사람들이 내가 방귀쟁이라는 사실을 알게 되는 건 시간문제일지도 모른다. 그러고 보니 요즘엔 남극기지 사람들도 넷플릭스 다 본다는데. 나는 지구상의 모두에게 놀림을 받다가, 종국에는 볼 빨간 방귀 할머니로 생을 마감하게 될 것이다.

오전 내내 똥 마려운 강아지처럼 안절부절 점심시간을, 쪽지에 적힌 그 시간을 기다렸다.

그날은 급식 반찬으로 치킨이 나오는 흔치 않은 날이었기에 학생들도 선생님들도 종이 치기가 무섭게 급식실로 이동했다. 교실이며 복도에는 아무도 남아 있지 않았다. 쪽지를 쓴 범인이 이걸 계산에 넣었다면 정말 빈틈이 없는 인물이라고 생각하면서, 쪽지에 적힌 장소인 5층 과학실로 향했다. 어쩌다 과학 실습 시간에나 가게 되는 과학실은 5층의 가장 구석진 곳에 자리했다. 꼭대기 층까지 올라가기도 힘들거니와 과학실에는 특유의 차가운 기운이 서려 있어 학생들은 대체로 가기를 꺼려하는 편이었다.

끼이익. 과학실 문은 열려 있었다. 들어가자마자 안쪽을 둘러봤지만, 아무도 보이지 않았다. 커다란 테이블들 위에는 비커와 플라스크 따위의 실습용 도구들이 몇 개씩 비치되어 있었다. 벽면을 따라 놓인 선반 위의 해골 모형과 인체 해부 모형들이 대낮인데도 서늘한 느낌을 주었다.

"너지?"

갑자기 들린 목소리에 깜짝 놀라 뒤를 돌아봤지만 여전히 아무도 없었다.

"누, 누구야?"

"쫄기는."

창가의 검은색 암막 커튼이 꿈틀거리며 젖혔다. 창문 난간에 걸터앉은 누군가가 모습을 드러냈다.

"니가 펌핑걸이지?"

알이 두꺼운 안경에, 작고 야무진 얼굴. 5반 민지였다.

친하진 않았지만 얼굴은 알고 있었다. 민지는 입학식 때 우리 학년 대표로 선서를 했고, 과학 영재로 교내 신문에 몇 번 실리기도 했다. 영재라는 타이틀이 사교에는 전혀 도움이 되지 않았는지, 괴짜라고 애들 입에 오르내릴 뿐 늘 혼자였다. 그럼에도 왕따를 당하지는 않았는데, 아마 누구든 똘끼가 심한 애들은 잘 건드리지 않기 때문일 거라고 내심 생각하고 있었다.

나는 오전에 책상 안에서 쪽지를 발견한 뒤로, 줄곧 이 상황의 대비책을 궁리했다. 도대체 누가 쓴 쪽지인지, 내 비밀을 어떻게 알았는지, 그냥 떠보는 건지, 뭐가 뭔지는 몰라도 무조건 난 펌핑걸이 아니라고 우길 작정이었다. 그러려면 논리적인 이유가 필요했고, 대략 여덟 가지 정도를 미리 생각해 두었다. 하지만 막상 민지가 다 안다는 듯이 대놓고 물어오니 그야말로 말문이 턱 막혔다.

그래서 내가 내뱉은 말은 겨우 이거였다.

"즈, 증거 있어?"

씨익 웃는 민지의 치아 교정기가 햇빛에 반짝거렸다.

과학 영재인 민지의 취미는 훔쳐보기였다. 과학실 창가에는 달 표면 크레이터까지 관찰이 가능하다는 천체망원경이 설치되어 있는데, 민지는 보라는 달이나 별은 안 보고 동네 주변을 훔쳐봤다.

　그날도 방과 후 과학실에 처박혀서, 빌라 옥상의 빨래들은 누가 몇 시쯤에 걷는지, 공원을 산책하는 강아지들이 주로 어떤 나무에 영역표시를 하는지 같은 이곳저곳의 이것저것을 훔쳐보던 민지는, 고가 위에서 벌어진 버스 사고를 목격했다. 그리고 잔뜩 긴장한 채 사고 상황을 살피던 차에 엉뚱한 사람을 하나 발견했다. 버스 사고에 집중하는 다른 사람들과 달리, 골목 구석에서 마네킹의 트렌치코트를 빼앗아 입고, 쇼핑백을 뒤집어쓰고 있는 여고생. 나였다.

　"사이코?"

　민지가 중얼거렸다. 하지만 사이코로 보였던 내가 갑자기 붕—하고 공중으로 솟아올라 균형 잃은 버스를 받쳐 들자, 민지는 기절할 정도로 놀라 창문 밖으로 몸을 내밀었다가 난간 아래로 떨어질 뻔했다고 한다.

　"물질적 증거가 없으면 과학이 아니지."

　민지의 핸드폰 앨범 속에는 그날 민지가 천체망원경을 통해 보았던 것들이 담겨 있었다. 내가 허우적대며 트렌치코트에 팔을 집어넣는 모습, 공중에 떠올라 버스를 지탱하는 모습, 다시 내려와 트렌치코트를 마네킹에 도로 걸어놓는 모습까지 모조리.

내가 그 사진들을 뚫어져라 보고 있자, 민지가 손을 내밀며 말했다.

"지워도 소용없어. 백업되어 있거든."

어떻게 알았지? 결국 얌전히 핸드폰을 돌려줄 수밖에 없었다. 등에서 식은땀이 흘렀다. 나는 많이 당황스럽고 난처한 상황에 처하면 되레 큰소리를 치며 우겨댄다. 이날 처음 알았다.

"너 이거, 함부로 이거! 불법 아냐?!"

"불법?"

"천, 천체망원경으로는 별이나 그런 걸 봐야지! 사람들을 훔쳐보면 불법 아니냐고! 아, 아니라고 해도 어쩐지 반칙, 그래. 반칙 같은 느낌인데?!"

"단순히 훔쳐본 거라면 그렇게 볼 수 있지만, 난 그러지 않았어."

"그럼 뭘 한 건데?"

"인간 군집의 정량적 패턴 분석을 위한 거시적 원격 관찰 기반 통계 연구."

아무래도 그냥 어려운 말들을 아무렇게나 해서 나를 혼란스럽게 하고 훔쳐보기를 정당화하려는 것 같았다. 실제로 내가 잠깐 혼란스러워하다가 금방 말도 안 된다는 걸 깨달았다는 표정을 짓자, 민지도 방금 그건 좀 억지 같았는지 어깨를 으쓱하며 태도를 뻔뻔하게 바꾸었다.

"아~ 뭐든 간에…"

민지가 창문 난간에서 과학실 바닥으로 펄쩍 뛰어내리며 말했다.

"넌 날 신고할 수 없을걸?"

맞는 말이었다. 나는 기세가 꺾인 채로 고개를 끄덕였다.

"걱정하지 마. 네 정체를 알리거나 경찰에 신고할 생각은 없으니까. 난 그저…"

"그저…?"

조그만 체구의 민지가 눈을 커다랗게 뜨고는 나를 올려다 보며 외쳤다.

"어떻게 한 거야?!"

눈이 교정기만큼이나 반짝였다. 바로 과학적 호기심이라는 게 발동한 거였다.

"내가 생각을 해봤거든. 버스 사건 이후에 네가 했던 일들까지 모두 종합해 보면 말야. 너의 트렌치코트 안에는 무언가 숨겨져 있는 게 분명해! 일반적인물체라면공기저항이없다고가정할때중력가속도인9.8미터퍼세크제곱만큼가속하면서아래로떨어질테니까중력을이겨내고공중에떠있게해줄추력이필요한데,사진을자세히살펴보면네가공중에서올라갔다내려갔다한단말이야.중력을거스르거나드론처럼프로펠러로만든양력을이용한게아니라,로켓비행에쓰이는원리가적용된것같아!로켓은가스를분사하는힘에대한반작용으로추진력을얻으니까마치아이언맨처럼에너지를만들어내는무언가를분사하는기구를숨겼다고볼수밖에…!"

민지는 자신의 가설에 대해 띄어쓰기도 없이 떠들었다. 민지의 숨이 넘어갈 지경이 되었을 때쯤, 내가 끼어들며 외쳤다.

"알았어! 그만! 말할게. 어떻게 된 건지."

그제야 말을 멈춘 민지가 강아지처럼 귀를 쫑긋 세우고 대답을 기다렸다. 내 차례였다. 민지가 증거를 확보한 이상, 뭐라도 변명을 하긴 해야 했다.

"좋아. 이건 말이야. 이를테면 체내에서… 그러니까 몸 안이지. 몸 안에서 생성되는 특별한 그 어떤, 추진력인데…"

"잠깐! 1초만."

민지가 다급히 노트와 펜을 꺼낸 뒤, 준비됐다는 오케이 신호를 보냈다.

"그, 음식을 말이지. 특정한 음식물을 섭취하면 몸 안에서 가스가 발생하는데… 어떤 특수한 반응을 일으켜서 생체 에너지로 변환되는…"

민지가 받아 적으며 중얼거렸다.

"음식물… 가스… 에너지…."

나는 아까 민지가 했던 것처럼, 어디서 들어봤고 최대한 어렵게 들릴 만한 표현을 써서 돌려 돌려 말하려고 애썼다.

"그니까, 그 압축된 고밀도의 가스가, 하방으로… 생체 가스 분사 시스템? 메, 메커니즘? 그런 걸로 체내 압력에 의해 분출이… 무슨 보존 법칙으로, 추진력을…"

"체내… 분출… 추진력…?"

"그게 말하자면… 가스를 방출하는데, 생체적으로다가…"

"잠깐! 그러니까 네 말은…"

듣는 내내 고개를 갸웃거리던 민지가 필기를 멈추고 얼굴을 들었다.

"방…귀…라는 거야, 지금?"

"어."

"헐."

과학실 옆 으슥한 기자재실로 자리를 옮겨 문을 잠갔다. 내 능력이 방귀에서 나온다는 사실을 증명하기로 한 것이었다. 뀌는 동시에 살짝 점프를 하여 평소보다 조금 더 높이 뛰는, 아주 기본적인 방귀 능력을 보여주려고 했다. 하지만 아무리 시도해도 잘되지 않았다. 기술적인 문제가 아니었다. 심리적인 문제였다. 남 앞에서 이렇게 대놓고 방귀를 뀌어본 적은 없었으니까!

입안의 복숭아 맛 사탕은 이미 반쯤 녹은 상태였다.

"일단… 코를 좀 막아봐."

민지는 내 말에 의아해하면서도 얌전히 코를 막았다.

"귀도 막고…."

민지가 멈칫했다.

"코를 막고… 동시에 귀도 막으라는 거지? 막아야 하는 구멍은 네 개고 손은 두 개인데 말이지."

"손가락은 열 개잖아! 어떻게 좀 해봐, 과학적으로!"

과학적이라는 말에 신경이 쓰였는지, 민지는 손과 팔을 요래조래 고장 난 로봇처럼 휘젓다가 결국 양 검지로 귀를 막고 양 엄지로 코를 막았다. 과학적으로.

"다 막았어."

그래도 소리가 들릴 것 같았다.

"뭐라도 중얼거려 봐."

"H 수소, He 헬륨, Ne 네온, Ar 아르곤, Kr 크립톤, Xe 제논, Rn 라돈…"

원소의 기호와 이름을 읊는 민지의 무덤덤한 목소리를 들으며 입안에서 복숭아 맛 사탕을 한 번 빙글 굴렸다. 그리고 손에 든 빼빼로를 한 입 물었다. 물었지만… 역시나 심리적인 문제가 남아 있었다. 아직 덜 해결된 무언가가.

"…… 안 되겠어. 잠깐만."

기자재실을 둘러보던 나는, 부서진 화산 모형을 가져와 뒤집어써 얼굴을 가렸다.

민지가 코와 귀에서 손을 떼며 물었다.

"그건 왜?"

"아무래도, 얼굴을 완전히 가리지 않으면 방귀가 안 나오는 거 같아."

"얼굴을? 왜?"

"부끄러워서…."

"부끄러워? 왜?"

"왜긴 왜야! 방귀니까."

"글쎄. 방귀는 장내 발효과정에서 생성된 수소, 메탄, 이산화탄소 같은 가스가 괄약근의 이완으로 배출되는 자연스러운 생리현상…"

민지는 이 상황을 생물 수업 정도로 이해하고 있는 것 같았다. 나는 민지의 말을 자르며 외쳤다.

"막아!"

민지가 얼른 다시 코와 귀를 막고 원소기호를 외웠다.

와그작. 빼빼로를 깨문 뒤,

뿡!

나는 방귀의 힘으로 꽤 높이 제자리 점프를 했다. 올라간 높이가 1.5미터 정도는 되었다. 천장에 머리를 부딪히지만 않았어도 2미터쯤은 거뜬했을 것이다. 세계 최고의 농구선수라 해도 제자리에서 그만큼 높이 뛰기는 어려울 터였다. 그런 높이의 점프를 근육이 1그램도 없어 보이는 여고생이 쉽게 해내는 모습을 본 민지는, 아인슈타인 귀신이라도 본 것처럼 흥분해 과학실 안을 돌아다니며 혼자 떠들었다.

"방귀라니, 정말 방귀라니! 10톤짜리 버스를 들어 올리려면 똑같은 무게만큼의 힘이 필요하니까 방귀로 그 정도 힘을 냈다는 건데, 그럼 장내 압력이, 아니 그 전에 어떻게 내장이 터지지 않는 거지? 특수한 장벽이라도 있나? 가장 흥미로운 부분은 지속성이야. 혹시 장이 보통 사람들보다 더 두껍고 견고하다거나, 장내에 방귀를 압축해 뒀다가 분출하는 시스템을 갖추고 있는 건가? 저번엔 버스를 떠받치고서 거의 20초를 버텼잖아. 이건 마치 태양의 핵융합반응처럼 지속적인 에너지…"

또다시 시작된 민지의 의미 모를 혼잣말을 들으며 머쓱하게 서 있는데, 민지가 갑자기 내 손을 덥석 잡았다.

"어쩌면 노벨상을 받을지도 몰라."

민지는 한동안 흥분해서 어쩔 줄 몰라 했는데, 어쩔 줄 모르겠다는 심정인 건 나도 마찬가지였다. 민지는 방귀 가지고 나를 놀리는 데에는 전혀 관심이 없었다. 오로지 나와 이 신비한 방귀 역학을 과학적으로 이해하고 설명해 내는 일에 신경 쓸 뿐이었다.

우리는 약속을 했다. 내가 민지의 노벨상 프로젝트에 협조하는 대신, 민지는 오늘 본 것과 버스 사고 당일에 천체망원경으로 본 것, 그리고 앞으로 보게 되고 알게 될, 내 방귀에 대한 모든 것들을 아무에게도 어떤 식으로든 언급하지 않기로.

"콜."

일단 다짐은 받았지만 민지가 먼저 나를 비밀스런 연구 재료로 삼은 상황이라, 어디 가서 소문 좀 내달라고 빌어도 절대 말하지 않을 것 같기는 했다.

새로운 친구

세계 정상급 100미터 달리기 선수들은 출발 총성이 울린 뒤 0.1초에서 0.2초 사이에 반응한다고 한다. 0.1초 이내에 반응하면 부정 출발로 간주되니 사실상 규칙이 허락하는 최대한의 반응 속도를 보이는 셈이다.

하지만 급식 달리기는 조금 다르다. 점심시간을 알리는 종을 듣고 움직이면 이미 늦다. 그러니까 육상선수가 출발선에 자리 잡듯이 의자에 앉은 것도 아니고 선 것도 아닌 자세로, 굳이 말하자면 선 것에 더 가까운 어정쩡한 자세로 출발 준비를 하고 있다가, 동물적인 감각을 발휘해 점심시간 종이 울리기 직전에 뛰쳐나가야 한다. 교실 문을 열고 복도로 접어든 나를 보고 수업 중이던 선생님이 "쟤 뭐냐?"라며 어리둥절하고 있을 때, '디리리 디리리리~' 하고 점심시간 종이 울린다면 타이밍을 가장 잘 맞춘 것이다. 내가 선두권으로 급식실에 도착하는 사이, 선생님은 뭐라 할 기회를 놓치기 때문에 이런 일은 얼렁뚱땅 무마된다. 물론 어떤 선생님이냐에 따라 위험 부담이 커질 수 있기에 그 정도로 뛰어야 하는 날이 흔하지는 않다. 그럼 언

제가 그런 날인가 하면,

바로 탕수육이 나오는 날이다.

탕수육은, 급식에 나오는 반찬과 내가 먹어도 되는 음식의 교집합 중에서 그야말로 가장 맛있는 음식이다. 환장하는 사람이 나뿐만은 아니라서 서두를 수밖에 없다. 탕수육이 급식으로 나오는 날이면, 최.강.임.다는 선두권으로 도착해 네 명분의 탕수육을 한데 모아 산처럼 쌓아놓고 먹곤 했다. 누군가는 말할 것이다. 늦게 도착해도 어차피 똑같은 양을 받지 않냐고. 맞다. 하지만 확실한 건 일찍 도착하면 1인분의 탕수육을 사수할 수 있지만, 늦으면, 조금만 늦으면 탕수육이라 불리는 튀김 부스러기 1인분을 받게 된다는 것이다.

갑자기 급식 얘기를 왜 하냐고? 그만큼 귀중한 날인 탕수육데이의 점심시간에 내가 급식실이 아닌 5층 과학실에 왔다는 사실이 문제란 말이다. 민지와의 약속 때문에.

"저번엔 치킨이더니, 이번엔 탕수육…. 넌 왜 이런 날만 골라서 만나자고 하는 것이냐."

나는 과학실 책상에 엎드려 괴로워했다.

"그래? 몰랐어."

민지가 3단 도시락을 펼쳐놓으며 말했다. 3단인 게 중요하진 않았다. 그중 어디에도 제대로 된 음식은 없었으니까. 첫째 단에는 설탕이나 소금 같은 조미료가 들어 있고, 둘째 단에는 빼빼로의 재료라는 코코아매스, 분유, 전분, 밀가루가 들어 있는 식이었다. 먹다 보면 비위가 상해 저녁을 거를 때도 있었다. 민지의 설명대로라면 식사라기보다는 화학 실험에 가까웠다.

★

"꺄악!"

최지윤이 식판 위 수북이 쌓인 탕수육 위에 소스를 붓자, 찍먹파인 임소이가 비명을 질렀다. 같은 찍먹파인 내가 없어서 부먹파 애들에게 밀린 탓이었다. 임소이가 투덜거렸다.

"홍은 어디 갔어, 이런 중요한 날에!?"

최지윤이 어깨를 으쓱하며 말했다.

"다이어트한다고 안 먹는대."

"100퍼 수상한데?"

"좀 그렇지?"

"20000퍼센트."

최.강.임 셋은 탕수육을 우물거리며 의심의 눈초리를 주고받았다. 탕수육 소스를 휘젓던 최지윤이 2 대 1로 시시하게 끝난 부먹파 대 찍먹파의 대결에 실망했다며 중얼거렸다.

"역시 셋은 균형이 좀 안 맞는 듯."

강별이 동의했다.

61

"오늘따라 별로다. 탕수육도."

★

"나도 데려가."

민지는 틈만 나면 나의 방귀 능력을 보고 싶어 했는데, 아무래도 아무 데서나 보여줄 수는 없었다. 몇 번 거절하자 언젠가부터는 내가 펌핑걸 활동을 할 때마다 따라오려고 해서 골치가 아팠다. 활약을 시작할라치면 민지는 자신이 연구한 내용을 바탕으로 내게 이런저런 음식들을 먹였는데, 대부분은 효과가 없었지만 가끔 의외의 효과를 내는 경우도 있었다.

가령 땅콩버터와 수박 맛 사탕을 함께 먹으면 방귀가 회오리치듯 나와서 몸이 빙글빙글 돌며 솟아올랐다. 어지럽고 쓸모는 없었지만, 나름 멋이 있어서 가끔 사용하곤 했다.

내가 펌핑걸 활동을 하며 3옥타브 낮은 목소리를 내는 것을 힘들어하자, 민지는 자동으로 목소리를 변조하는 마스크를 만들어주기도 했다. 그 마스크를 쓰고 말해보니 정말 자연스럽게 3옥타브 낮은 펌핑걸의 목소리가 나왔다. 더 이상 "다른 사라므을 괴롭히지 마아라아" 하고 0.5배속으로 말을 늘어뜨릴 필요가 없었다. 우리는 어느새 한 팀이 되어 있었다. 민지는 늘 연구 차원에서 함께하는 거라고 덧붙였지만, 즐기는 게 분명했다.

한번은 수업 중에 민지에게서 문자가 왔다. 학교에서 차로 불과 10분 거리인 상가건물에서 화재가 났다는 뉴스 속보를 보낸 것이다. 교실 창문 너머로 검은 연기가 보일 정도였다.

민지가 문자 하나를 더 보냈다.

출동?

생리통에 시달리는 척하고 교실을 빠져나왔다. 복도를 뛰는데 나처럼 배를 부여잡은 민지가 5반 교실 밖으로 나오는 모습이 보였다.

"넌 왜?"

"나도 데려가."

나 참. 또 시작이었다. 빈 과학실에서 펌핑걸 복장을 갖춰 입었다.

"준비됐어?"

덩달아 흰 가운을 걸치고 쇼핑백을 뒤집어쓴 민지가 고개를 끄덕였다. 민지를 둘러메고 창문 밖으로 빠져나와 공중으로 날아올랐다.

"으아아!"

신이 난 건지, 무서운 건지 통 알 수 없는 민지의 외침이 허공을 갈랐다.

화재 현장의 상태는 생각보다 심각했다. 검은 연기와 후끈한 열기가 상가건물을 뒤덮어 소방관들조차 접근이 어려운 듯했다. 건너편 건물 옥상에 올라 상황을 살피는데, 민지가 어딘가를 가리켰다.

"저기!"

자욱한 연기 사이로 보인 건 불이 난 상가건물 옥상에 올라가 있는 사람들이었다. 건물 계단으로 내려가진 못할 테니 얼른 구해야 한다는 생각이 들었지만, 아무리 펌핑걸이라 해도 연기와 열기에 대한 대책 없이 무턱대고 날아갈 순 없었다. 이런 경우는 처음이었다. 발만 동동 구르고 있는데,

"자, 먹어!"

민지가 무언갈 내밀었다. 캡슐이었다.

"이게 뭔데?"

"전분이랑, 과당 가루랑, 정제 소금이야."

"뭐??"

"믿어봐. 이론상 가능해!"

뭘 믿어보라는 건지, 무슨 이론상 뭐가 가능하다는 건지 알 길이 없었지만, 민지의 진지한 눈빛에는 무언가가 깃들어 있었다. 과학적 확신이라는 거였다.

어떻게든 되겠지. 캡슐을 삼키자마자 바로 신호가 왔다.

뿌아앙!

태풍 같은 방귀의 힘으로 날아올랐다. 지금까지 뀌어온 것들에 비하면, 뭐라고 표현해야 할까. 진동이 셌다. 방귀의 진동이 상가 옥상을 뒤덮고 있던 검은 연기를 흐트러뜨렸다. 덕분에 옥상에 올라간 사람들을 확인할 수 있게 된 나는, 복숭아 맛 사탕을 녹여 먹으며 한 명씩 안전한 건물 옥상으로 옮기는 구조 작업을 시작했다. 마지막 구조자를 데리고 뛰어오를 즈음 화염이 옥상을 덮쳤다. 다행히 세이프였다.

입안의 복숭아 맛 사탕이 거의 다 녹아버려서, 어쩔 수 없이 야외 주차장으로 내려왔다. 마지막 구조자가 무사히 구급차에 타자마자 근처에 있던 방송국 기자들이 우르르 내게로 달려왔다. 방귀를 이용해 도망가려고 트렌치코트 주머니를 뒤졌지만 소용없었다. 주머니 아래쪽이 불에 타는 바람에 남은 빼빼로가 모두 빠져나간 모양이었다.

기자들의 질문이 쏟아졌다. 왜 이런 활동을 하는지, 힘의 원천은 초능력인지 아니면 과학기술인지. 일부에서는 마술이나 사기라는 추측도 나온다고 했다. 당황했지만 차분하게 대처하려 애썼다. 사실 이런 상황을 상상해 보지 않은 건 아니었다. 솔직히 상상은 많이 했다. 이렇게 검게 그을린 감자 같은 상태로 카메라 앞에 설 거라고 예상하진 못했지만.

"죄송합니다. 다음에…"

뉴스에 나오는 정치인이나 연예인처럼 대충 다음을 기약하고 도망치려 하는데, 기자 하나가 외쳤다.

"정체를 숨기고 활동하는 것을 부정적으로 보는 사람들도 있는데요!"

걸음을 멈추고 돌아보자, 수많은 마이크와 카메라가 삽시간에 나를 향했다. 머릿속으로 되뇌었던 근사하고 정의로운 말들이 입안에서 맴돌았지만 꺼내기가 망설여졌다. 어쩌면 엄마가 카메라를 통해 나를 보고 있을지도 모른다는 생각이 스쳤기 때문이었다.

나는 한마디를 남기고 자리를 떠났다.

"괜찮아요. 보이는 게 다는 아니니까요."

어렸을 때 엄마가 자주 하던 말이었다.

★

한쪽 벽면을 가득 채운 여러 개의 모니터에서는 펌핑걸의 활약상을 담은 녹화 영상이 나오고 있었다. 다른 벽면에 붙은 커다란 지도에는 영상 속 상황들이 언제 어디에서 일어났는지 표시되어 있었다. 심지어 펌핑걸이 지나가다 누군가에게 길을 알려준 것까지 전부 기록해 놓았다. 얼핏 보면 펌핑걸의 팬클럽 본거지 같은 이곳은 놀랍게도 연구실이었다. 특이한 점은 그뿐만이 아니었는데, 이곳에서 일하는 연구원 모두가 하나같이 하와이안셔츠 차림이었다. 나중에 밝히겠지만 나름대로의 이유가 있긴 하다. 그렇다 해도 이상한 광경임에는 틀림없었다.

연구실 한쪽에서 키 작은 중년 남성 하나가 펌핑걸의 화재 현장 인터뷰 영상을 돌려 보고 있었다.

영상 속 펌핑걸이 말했다.

"괜찮아요. 보이는 게 다는 아니니까요."

중년 남성은 그 대답 장면을 몇 번이고 반복해서 플레이했다. 그 또한 하와이안셔츠를 입었지만, 다른 이들과는 분위기가 좀 달랐다. 그의 검정 셔츠에는 뾰족한 파인애플 잎이 무성하게 그려져 있어 마치 정글 같아 보였다.

그는 박만세였다.

'비바식품'은 잘 몰라도, 긴 막대 모양의 초콜릿 과자인 '롱롱'은 대한민국 사람이라면 누구나 알고 있을 것이다. 박만세는 바로 그 비바식품의 회장이었다. 그의 아버지가 2대 회장이었고 그의 할아버지가 초대 회장이었으니, 그는 회장의 손자였다가 아들이었다가 회장이 된, 대대손손 해 먹는 집안의 전형적인 자손이었다.

비바식품은 겉보기엔 과자를 생산하는 평범한 중견기업이지만, 박만세네 집안 사람들은 3대째 경기도 외곽에 위치한 본사 건물의 지하에서 각종 비밀 연구를 진행해 왔다. 어찌나 비밀스러운지 연구원들조차 스스로가 무슨 연구를 하고 있는지 잘 모르는 것 같았다. 분명한 사실은 비바식품의 유일한 히트 상품인 롱롱으로 벌어들인 막대한 수익의 대부분이, 바로 이 베일에 싸인 비밀 연구를 유지하고 확장하는 데 들어가고 있다는 점이었다.

'자이언트'는 박만세가 이른 나이에 회장이 되자마자 몰두한 연구 프로젝트의 이름이었다. 몇 년 전 성공 직전까지 갔던 이 프로젝트가 크게 실패한 뒤로, 박만세는 한동안 실의에 빠졌고 회사는 휘청거렸다. 박만세가 프로젝트 자이언트에 다시 박차를 가한 것은 TV에 펌핑걸이 등장한 날부터였다고 한다. 그를 가까이서 오래 보좌한 비서실 직원은 박만세가 그렇게까지 기뻐하는 모습을 처음 봤다고 했다. 버스 사고를 막아낸 펌핑걸의 활약을 본 박만세는 연구원들을 모아놓고 프로젝트 자이언트를 재개하겠다고 선언하면서, 이렇게 덧붙였다.

"돈이 얼마나 들든, 사람이 얼마나 필요하든 상관없어! 저게 어디에 사는 누군지 반드시 알아내!"

말 그대로 돈도 무지 들고, 사람도 무지 필요했지만, 마침내 그 결실이 나왔다. 연구원 하나가 박만세의 집무실 책상에 두꺼운 보고서를 놓고 나간 것이었다.

'펌핑걸 추정 유력 인물 종합 보고서'.

그 안엔 별별 내용이 다 들어 있었는데, 심지어 '펌핑걸 만났던 썰 푼다'라는 제목의 유튜브 영상 내용까지 포함되었다. 모 고등학생 유튜버가 자기네 학교 담벼락 아래에서 친구들과 함께 펌핑걸과 3 대 1로 대치해 생사를 오가는 혈투를 벌였다는 어이없는 썰이었다. 잘 찾아보면 보고서의 주인공이 어제저녁에 뭘 먹었는지도 적혀 있겠다 싶은 수준으로 디테일했다. 박만세는 보고서에 첨부된 중학교 생활기록부 내용을 읽었다.

"친구들과의 관계에서 다소 어려움을 겪음⋯. 특이한 행동으로 주변 사람들을 놀라게 할 때가 있음⋯. 늘 볼이 빨간 문제로 인해⋯."

박만세가 만족스러운 표정을 지으며 보고서의 맨 앞 장을 펼쳤다. 연구원들이 펌핑걸인 것으로 추정하는 인물의 최근 사진이 붙어 있었다.

눈치챘겠지만, 그건 나였다.

"진동 방귀, 어때?"

화재 사건 이후로 민지는 신이 나 있었다. 자신이 설계한 과학 실험의 성과를 직접 확인했으니 그럴 만도 했지만, 내 입장에선 조금 곤란했다.

"이름 짓지 마, 내 방귀에."

"왜? 그럼 뭐라 불러?"

"몰라. 대충 1번 방귀, 2번 방귀 해."

"비브로플라투스는 어때?"

"비브… 뭐?"

"비브로는 진동을 의미하는 라틴어고, 플라투스는 방귀나 바람을 의미하는 라틴어야. 원래 학술 명칭은 라틴어로 짓는 게 근본이거든."

민지가 내놓는 방귀 이름 후보들을 더 듣다가 결국은 그냥 '진동 타입'이라 부르기로 했다. 긴박한 순간에 비브로… 어쩌구를 외워서 말하기는 힘들 것 같고, 진동 방귀라는 말을 혹시 누가 듣게 되면 내 힘의 정체가 들통날 테니 나름의 타협점을 찾은 것이었다. 다른 방귀들에도 점프 타입, 스피드 타입 등의 이름이 붙었다.

처음에는 방귀에 이름을 붙인다는 게 웃기다고만 생각했는데, 막상 정하고 나니 생각보다 편리했고 방귀에 대한 거부감도 줄었다. 방귀에 거부감을 덜 갖게 되다니 예전에는 상상도 못 했던 일이었다. 점심시간이나 방과 후에 과학실에서 민지와 만나는 시간이 점점 늘어나면서, 민지에게 개인적인 사정도 털어놓게 되었다. 방귀 능력이 유전된다는 이야기를 하다 보니 청각장애인인 외할머니와 실종된 엄마에 대한 이야기까지 나왔다. 누구에게도 한 적 없는 이야기였기에 털어놓고 나니 후련했다.

"너에 대해 공부해야 할 부분이 더 많아졌네. 외할머니도 뵙고 싶고…. 물론 샘플 확보 측면에서 말야."

열심히 떠드느라 미처 눈치채지 못했다. 누군가 과학실 창문으로 우리를 몰래 훔쳐보고 있었다는 것을. 이글거리는 질투의 눈빛, 바로 최.강.임이었다.

최지윤이 말했다.

"홍은 저런 애랑 뭘 하고 있는 거지?"

"도시락 먹는 거 같긴 한데…."

"급식보다 맛있나? 무슨 가루 같은 걸 먹는데?"

강별이 입맛을 다셨다. 가루라는 말에 임소이가 무언가 떠올랐다는 듯 눈을 반짝였다.

"나 옛날 미드에서 저런 거 본 적 있어."

"뭘?"

"화학 선생이 마약 만드는 미드 있었잖아. 왜, 쟤도 과학 영재니까."

"홍이 마약을? 근데 그런 건 보통 코로 하지 않냐?"

"혹시 모르잖아. 찍어봐, 찍어봐."

최지윤이 조심히 핸드폰을 들어 사진을 찍었다.

참 가지가지 했다.

수업을 마치자마자 곧바로 집으로 향했다. 펌핑걸 활동은 하지 않았다. 엄마의 생일이었기 때문이다. 없는 사람 생일을 챙기는 게 무슨 의미가 있는지 모르겠지만, 암묵적으로 이날은 집에서 외할머니와 함께 근사한 저녁밥을 차려 먹는 날이었다. 동네 전통시장에서 조그만 반찬 가게를 운영하는 외할머니도 이날만큼은 일찍 가게를 닫고 들어와, 푸짐하게 음식을 만들어 두곤 했다.

사실 얼마 전 외할머니와 다툰 뒤로 며칠째 서로 한 마디도 나누지 않았다. 같이 살면서 몇 번의 냉전을 치르긴 했지만 이렇게까지 분위기가 차가워진 적은 없었다. 오늘만큼은 바깥세상보다는 우리 집의 평화를 위해서, 손녀딸의 특집 애교라도 부려볼 생각이었다.

동네 입구로 들어가는 골목길은 무슨 일 때문인지 꽉 막혀 있었다. 일단 검정 외제 차가 세 대나 늘어선 상태였고, 그중 한 대는 영화에서나 보던 리무진이었다. 큰 차로 좁은 코너를 돌기가 쉽지 않아선지, 리무진은 우왕좌왕하면서 동네 사람들의 통행을 방해 중이었다. 길막 때문에 한참을 기다렸는지 다들 투덜거렸다. 저런 차를 왜 이런 골목 안까지 끌고 들어와서 야단이냐고. 맞는 말이었다.

5분 정도를 더 헤매던 외제 차 무리는 겨우 골목을 빠져나갔다. 그렇게 난리를 쳐놓고도 형식적인 사과 한 마디가 없었다. 리무진이 내 곁을 지나칠 때 조금 열린 차창 안쪽을 얼핏 보니 하와이안셔츠를 입은 사람이 앉아 있었다. 웬 하와이? 속으로 생각했다.

뻥 뚫린 골목을 지나 집으로 향하는 오르막을 올라가는데, 어째선지 불안한 기분이 불쑥 덮쳐왔다. 지금에 와서 생각해 보면, 여러 가지가 머릿속에서 뒤섞였던 것 같다. 우리 집 방향에서 나온 고급 외제 차, 무례한 운전자, 수상한 하와이안셔츠, 들키면 안 된다고 당부하던 할머니….

나도 모르게 발걸음이 점차 빨라졌다. 집에 거의 다 왔을 즈음엔 달리고 있었다.

"할머니! 할머니!"

아니나 다를까 대문이 열려 있었다. 멀리서도 마당 안쪽이 보였다. 장독대의 항아리들은 모두 깨진 상태였다. 외할머니가 아끼던 화분들도 전부 쓰러져 온 바닥이 쏟아진 흙더미 천지였다. 빨랫줄에 널려 있던 이불은 신발 자국이 잔뜩 찍힌 채로 땅바닥에 널브러졌다.

쉴 없이 두근거리는 가슴을 누르며 현관문 안으로 들어갔다. 거실부터 엉망이었다. 선반과 서랍에 있던 모든 물건들이 바닥에 나뒹굴었다. 누군가 집을 뒤진 흔적. 나는 집 안 곳곳을 두리번대며 외할머니를 찾았다.

부엌에 외할머니가 쓰러져 있었다.

외할머니는 의식을 되찾지 못했다. 의사는 뇌진탕이라고 했다. 넘어지면서 머리를 부딪힌 탓이었다. 경찰 측은 '일단' 평범한 강도 사건이라 판단한다고 했다. 그도 그럴 것이 무언가를 찾아 샅샅이 뒤진 흔적이 집 안에 여실히 남아 있었으니까. 하지만 경찰이 강도 사건이라 본다면서도 '일단' 그렇다고 강조한 이유는, 현금과 통장이 그대로 있기도 하고 애초에 금전을 노렸다면 굳이 낡은 우리 집을 고르지는 않았을 것이기 때문이라고 했다. 맞는 말이었다.

그렇다면,

"나 때문이야."

병문안을 온 민지에게 내가 처음 꺼낸 말이었다. 민지가 나를 올려다봤다. 그게 무슨 말인지 묻는 표정이었다.

"할머니가 걱정했던 게 이런 일이었는지도 몰라."

정확한 이유는 모르지만, 엄마도 외할머니도 누군가에게 자신의 능력을 들키지 않으려 노력했다. 생각해 보면 초등학교 때의 방귀 사건 이후로 전학 갔던 것도, 방귀 능력에 대한 소문이 퍼지는 것을 우려해 도피성 이사를 간 것이 아니었을까 싶었다. 엄마의 실종, 할머니의 피습. 그다음 타깃은 나일 가능성이 컸다.

잠든 듯 고요하게 누워 있는 외할머니를 보고 있자니 한 번도 해본 적 없는 생각이 들었다. 나는 머잖아 혼자 남게 될지도 모른다. 외할머니는 인사말처럼 자주 조심하라고 이야기했는데, 나는 늘 흘려듣기만 했다. 내가 더 조심했어야 했다. 후회스러운 일투성이였다.

저녁이 되자 손님이 찾아왔다. 외할머니 반찬 가게 옆의 건어물 가게 아주머니가 소식을 듣고 찾아온 것이었다. 아주머니는 요즘 외할머니가 기운도 없고 자주 딴생각에 빠지는 것 같았다면서, 놀라운 이야기를 연달아 전했다.

"이사를요? 우리 집이요?"

"부동산에 집 내놓겠다고 그랬대. 너한텐 말 안 했니?"

"네. 전혀요…."

"그랬구나. 할머니가 갑자기 가게도 이번 달까지만 하겠다고 해서 깜짝 놀랐어. 암튼 그날부터 이상했다니까."

"그날요?"

아주머니가 주머니에서 쪽지 하나를 꺼냈다.

"며칠 전에 이걸 나한테 주더라. 자기한테 무슨 일이 생기면 너한테 주라고 하더라고. 꼭 무슨 일 생길 걸 아는 사람처럼."

쪽지는 여러 번 꼬깃꼬깃 접혀 있었다.

다급히 병실을 뛰쳐나가는데, 음료를 들고 병문안을 온 최.강.임이 보였다.

"흥! 할머니는 좀 어떠…"

"미안한데, 내가 지금 급히 가볼 데가 있어서!"

최.강.임의 당황스러운 눈빛을 뒤로하고 뛰었다. 병실에 먼저 와 있는 민지를 본 최.강.임의 눈빛이 또 한 번 질투로 이글거렸다.

이불장에, 똥

외할머니의 쪽지엔 짧은 문구 하나가 꾹꾹 눌러쓴 글씨로 적혀 있었다. 집에 들어가 어질러진 상태의 이불장을 들여다봤다. 똥? 여기 똥이 있다고? 어쩐지 찝찝한 마음에 이불을 집게 손가락으로 휙 하고 걷어냈다.

후두둑!

"으악!"

이불 아래에 있던 무언가가 쏟아지듯 떨어져 방바닥에 흩어졌다. 진짜 똥인 줄 알고 뒤로 펄쩍 뛰었지만 그건 평범한 화투 패들이었다. 놀란 가슴을 쓸어내리고 있는데, 빈 이불장 바닥에 가늘고 기다란 틈이 하나 보였다. 마치 작은 카드 투입구 같은….

다시 한번 할머니의 쪽지를 살펴봤다. 이불장에 똥이 있다더니, 없는데? 혹시 몰라 이불들 사이를 조심히 들여다보니, 여기저기 흩어진 화투 패들 중에 '똥'이라 불리는 패가 보였다.

"설마."

똥 패를 이불장 바닥의 구멍에 꽂으니 딱 맞았다.

철컹.

둔탁한 소리와 함께 이불장 뒤편이 문처럼 열렸다. 그리고 사람 두세 명이 겨우 들어갈 정도의 비밀 공간이 모습을 드러냈다. 우리 집에 이런 첨단 시설이? 자세히 보니 시골집의 '광' 같은 창고 공간을 개조한 듯했다. 이 방은 본래 엄마가 쓰던 방이었다. 이 공간을 만든 사람도 엄마일 가능성이 컸다.

핸드폰 플래시를 켜고 좁은 광 안을 살펴보았다. 별게 다 있었다. 어떤 바구니 안에는 내가 한 번도 본 적 없는 흑백사진들

이 잔뜩 들어 있었는데, 아마 외할머니의 젊었던 시절 사진 같
았다. 얌전한 한복 차림의 외할머니와 아마도 외할아버지인 듯
한 젊은 남자가 초가집 앞에 나란히 서 있었다. 외할머니에게
도 이런 시절이 있었다는 게 새삼 놀랍게 느껴졌다. 컬러사진
으로 넘어가니 작은 아기도 사진에 등장하기 시작했는데, 아무
래도 엄마 같았다. 엄마 옆에 있는 더 어린 아기는 누군지 알 수
없었다. 사진 바구니 옆에는 검고 네모난 물건이 하나 있었다.
1990년대를 배경으로 하는 드라마에서 봤다. 그건 비디오테이
프라는 물건이었다. 이 안에 영화 같은 걸 저장해서 본다던데
뭘 넣어됐는지 적혀 있진 않았다.

　검은색 수첩도 하나 있었다. 표지에 태극 문양이 작게 그려
져 있어서 얼핏 여권인가 싶었지만 열어보니 수첩이었다. 맨
앞 장에 적힌 이름이 반가웠다.

　방옥희

　엄마의 수첩인 것 같았다. 이렇게 깊숙이 감춰놓았다면 보
통 수첩은 아닐 거라는 생각이 들었다. 엄마의 비밀이나 실종
에 대한 단서가 적혀 있길 기대하면서 한 장씩 꼼꼼히 살폈지
만, 실망스럽게도 대부분이 빈 페이지들이었다. 간혹 이상한 문
장들이 쓰여 있긴 했는데,

이를테면 이런 것들이었다.

구이용 생선가스가 선생용이구
니 거 칠리소스 소리칠 거니
여보 마이클 이마 보여

마이클은 누구고 이마를 보이면 뭐가 어쨌다는 걸까? 칠리
소스가 소리친다는 건 또 뭐고? 틀림없는 엄마의 글씨였지만,
그 의미를 해석할 수는 없었다. 아니, 의미가 있긴 한 걸까? 몇
페이지를 넘길 때마다 하나씩 나오는 문장들은 한국어를 잘못
배운 외국인이 쓴 것처럼 하나같이 이상했다.
　마지막 장에 급히 휘갈겨 적은 듯한 글도 이해가 안 되긴 마
찬가지였다.

걸리버= 싸가지, 핸드폰+신발 끈

그 외에도 광 안에는 정체를 알 수 없는 물건이 많았다. 마
치 유물을 발굴하는 기분이었다. 한복이 든 박스를 치우자, 공
간 안쪽의 가장 깊숙한 곳에 놓인 작은 장 하나가 눈에 띄었다.
겉면의 자개 장식이 핸드폰 플래시에 반사되어 눈부시게 반짝
거렸다. 밝은 곳으로 옮겨 자세히 보니 더 놀라웠다. 학처럼 생

긴 동물이 거대한 도깨비 같은 것과 싸우는 모습이 자개로 그려져 있었는데, 어찌나 정교하고 화려한지. 진짜 보물이라도 찾은 것처럼 두근거렸다. 이런 자개장 안에 든 물건이라면 모르긴 몰라도 최소한 가보 정도는 될 테니까. 외할머니는 분명 이것을 찾으라는 뜻으로 쪽지를 남겼으리라 생각하면서 조심히 자개장을 열었다.

"에…."

나도 모르게 실망의 탄성이 나왔다. 자개장 안의 '보물'은, 홍두깨였다.

수업 시간에 배운 적이 있었다. 정확히는 문학 수업 시간에. 〈방망이 깎던 노인〉이라는 수필에서 노인이 깎던 그 나무 방망이는 옷의 주름을 없애기 위해 두드릴 때 쓴 도구로, 홍두깨라 불린다고 했었다. 처음 듣는 단어였지만 이름이 '홍'인 사람으로서 일종의 동질감을 느껴 기억하고 있었다.

아무리 봐도 그냥 평범한 나무 방망이 같은데, 어째서 이렇게 귀해 보이는 자개장에 들어 있는 거지? 문화재라도 되나 생각하며 홍두깨를 집어 들고 괜히 몇 번 휘둘렀다.

그때였다.

"할망구, 거기 숨겨뒀었구만."

멀지 않은 곳에서 기분 나쁜 목소리가 들렸다. 홍두깨를 등 뒤로 숨기고 자개장은 한복 더미 안에 대충 감춰놓은 뒤, 광 밖

감춰진 보물 찾기

80

으로 나왔다. 하와이안셔츠를 입은 키 작은 아저씨 하나가 방 안에 들어와 있었다. 당시에는 몰랐지만,

그는 박만세였다.

홍두깨

"펌핑걸이니, 니가?"

"아저씬 누군데요?"

"내가 먼저 물어봤는데?"

"여기 우리 집이거든요?"

나는 제자리에서 꼼짝하지 않고 나름의 신경전을 펼쳤다. 대뜸 내가 펌핑걸인 걸 알고 있다는 듯이 말해서 위축시킬 생각이었나 본데, 어림없지! 아무리 봐도 경찰이나 공무원은 아니고, 게다가 저 하와이안셔츠는… 분명 지난번에 그 외제 차를 탄 악당들이 입었던 것이었다. 나도 그 정도 눈치는 있었다.

박만세는 내가 세게 나오자 조금 당황한 듯 보였다.

"조그만 게 어른한테 꼬박꼬박 말대꾸를….."

"제가 아저씨보단 큰 거 같은데요?"

가까이 다가가 서니 정말 그랬다. 내가 조금 더 컸다. 내 키가 163센티미터니까, 저 아저씨는 160센티미터를 겨우 넘기는 정도인 게 분명했다.

"넌 그, 이불 위에 서 있잖아. 이불 두께가 최소한 3센티는 되겠네. 그리고 나 있는 쪽이 더 낮아. 이 집 바닥이 좀 기울었더라. 오래된 집이라 그런가. 기울기 때문에 5센티 정도는…"

긁히긴 긁혔는지, 좀 전과는 달리 과하게 다급한 말투였다. 박만세가 계속 변명을 이어가는 사이에 하와이안셔츠를 입은 또 다른 덩치들이 방 안으로 들어왔다. 인상이 꽤 무서운 덩치들이었다. 박만세가 턱짓으로 광을 가리키자, 덩치들이 나를 지나쳐 광 안으로 들이닥치더니 외할머니와 엄마의 물건들을 아무렇게나 헤집었다.

"뭐 하는 거야! 그만둬."

그들을 막으려 다가갔지만, 덩치 하나가 내 어깨를 미는 바람에 옷장에 부딪혀 주저앉아 버렸다. 힘으로는 도저히 당해낼 수가 없었다.

박만세가 최대한 목을 길게 뽑고서 나를 내려다보며 거만하게 말했다.

"거봐. 이불 아래로 내려오니까 네가 나보다 작다는 거 알겠지? 방해되니까 나가, 이제."

"아저씨야말로 나가요! 우리 집이에요!"

"응. 나갈 거야. 니네 가족이 꼭꼭 숨겨놓은 것만 찾으면."

두 덩치가 광 안에서 자개장을 들고나왔다.

"찾았습니다."

박만세가 말했다.

"열어 봐."

안은 당연히 비어 있었다. 실망스러운 표정을 지은 박만세
가 팔을 거칠게 휘두르며 닦달했다.

"이런 비밀 공간이 또 있는지, 벽들 다 부숴서 확인해 봐."

"네."

더 이상 잠자코 있을 수만은 없었다.

"이걸 찾나 보죠?"

내 손에 들린 홍두깨를 본 박만세와 덩치들의 움직임이 멈
췄다. 아무래도 제대로 짚은 모양이었다.

"내놔."

"이게 뭔데요? 그냥 나무 방망이 같은데…."

나는 홍두깨로 옷장 모서리를 대충 탕탕! 몇 번 두드렸다.
박만세의 표정이 일그러졌다.

"어, 어, 살살 해. 얀마!"

그러거나 말거나 벽에 탕탕! 두드려 보고, 괜히 한 번 공중
으로 던졌다 잡기도 했다. 내가 홍두깨를 휘두를 때마다 안절
부절못하는 게 아주 뭐 리액션 맛집이었다.

"아니, 너 그게, 어~? 잠깐…. 야, 뭐 해? 뺏어!"

박만세가 덩치들을 떠밀자, 덩치들이 내 앞으로 다가와 섰
다. 내가 어느새 빼빼로를 물고 있는 것을 본 박만세가 말했다.

"쟤 저거 먹는다, 저거! 조심해."

삐삐로 여러 개를 한꺼번에 입에 넣고 씹었다. 그 전에 이미 주머니에 있던 복숭아 맛 사탕을 입안에서 굴리던 중이었다. 덩치 중 하나, 편의상 '덩치1'이 홍두깨를 든 내 손을 잡으려 팔을 뻗었다.

빠빵!

로켓처럼 발사된 나의 몸통 박치기에 덩치1이 반대쪽 벽까지 날아가 버렸다. 나도 부딪힌 충격으로 바닥에 엎어졌지만, 이불 위로 안착해서 별로 아프지 않았다. 나를 잡아채려던 '덩치2'는 이어진 내 방귀에 천장으로 날아갔다가 바닥에 내리꽂혔다. 방귀의 힘이 어찌나 강력했는지 하와이안셔츠의 단추가 떨어져 나가기까지 했다. 덩치들의 눈이 휘둥그레졌다.

누구보다 놀란 사람은 나였다. 담벼락을 넘거나, 빠르게 달리거나, 무거운 걸 받쳐 드는 데에는 방귀를 써봤지만, 누군가와 싸우는 데 사용해 본 건 처음이었으니까. 게다가 꽤 잘 먹힌다는 사실이 신기했다.

박만세는 차분했다. 놀라지도 호들갑을 떨지도 않았다. 눈앞에서 펼쳐진 무시무시한 방귀 어택을 어린아이 재롱 보듯 했다. 그는 비틀거리고 있는 덩치1에게 다가가더니, 등짝을 한 대 찰싹 후려갈겼다.

"쫌 생각을 해라, 쫌! 힘만 믿지 말고!"

그러고는 주머니에서 뜬금없이 락앤락 통을 꺼내, 얇게 썰린 녹색 조각 하나를 건네주었다. 저게 뭐지? 채소 같기는 한데 한 번도 본 적이 없었다. 덩치1은 그걸 받아 아삭거리며 먹더니, 갑자기 코끼리 코 자세를 하고 제자리에서 빙글빙글 몇 바퀴나 돌기 시작했다.

"갑자기 무슨⋯."

왜 도는 거지. 돌아버렸나.

당황스럽긴 덩치2의 행동도 마찬가지였다. 단추가 떨어진 하와이안셔츠를 벗어 던진 덩치2는 덩치1과 똑같이 채소 조각을 하나 받아먹더니, 갑자기 팔 벌려 뛰기를 했다.

안 그래도 좁은 방에 네 사람이나 들어와 있어 복작거리는 판에, 덩치 큰 사내들이 코끼리 코를 돌고 팔 벌려 뛰기를 하고 있으니 정신이 사나웠다. 게다가 두 덩치는 무언갈 반복해서 중얼거리고 있었는데,

"여보 마이클 이마 보여⋯. 여보 마이클 이마 보여⋯."

"어? 그건 아까?"

엄마의 수첩에 적혀 있던 문장이었다.

혼란스러웠다. 엄마랑 저 하와이안셔츠들은 무슨 관련이 있는 건지, 저들 중에 마이클이 있는 건지, 저 채소는 뭐고 저 동작은 또 뭔지, 도대체 이 이야기는 어디로 가는 건지 혼란스러워질 때쯤, 덩치1이 빙빙 돌기를 멈췄다. 한눈에 보기에도 조금 전보다 덩치가 훨씬 두툼하게 업그레이드되어 있었다. 덩치에

서 '더 덩치'로 진화한 것이다. 더 덩치1의 덩치를 감당하지 못한 하와이안셔츠의 단추 몇 개가 만화에서처럼 떨어져 나갔고, 이내 셔츠가 아예 벗겨졌다. 그저 숨만 쉴 뿐인데도 온몸의 근육들이 물결처럼 출렁거렸다. 징그럽기 짝이 없었다.

더 덩치1이 다가오자 나는 또 한 번 방귀를 이용한 몸통 박치기를 시도했다. 하지만 이번엔 달랐다. 부딪혀 날아간 것은 내 쪽이었다. 더 덩치1은 제자리에 꿈쩍 않고 서 있었다. 다시 일어나려는데, 이번엔 더 덩치2가 내 손목을 밟았다. 홍두깨를 쥐고 있던 손이었다.

"아악!"

비명과 함께 내가 홍두깨를 놓치자, 박만세가 다가와 얼른 홍두깨를 주워 갔다. 더 덩치2는 내가 꿈쩍 못 하도록 내 배를 지르밟았다.

"컥!"

숨 쉬기가 어려웠다. 입안에 남아 있던 복숭아 맛 사탕이 비어져 나왔다. 그사이 박만세가 홍두깨를 자개장에 고이 집어넣었다. 그리고 비웃듯 말했다.

"꼬맹아. 능력이 너희 가족한테만 있는 줄 알았니?"

내가 켁켁대고 있는데, 더 덩치2가 물었다.

"마무리할까요?"

"됐어. 놔줘. 이것만 있으면 돼."

박만세가 홍두깨를 담고 있는 자개장을 소중하게 품에 안았다. 나는 더 덩치2가 발을 치운 뒤에야 겨우 다시 숨을 쉴 수 있었다.

"콜록! 콜록…!"

현관문을 나서며 박만세가 신이 난 목소리로 외쳤다.

"나중에 또 보진 말자!"

고수

한동안 방 안에 멍하니 앉아 있었다.

무슨 일이 벌어지고 있는 것은 확실했지만 정확한 진상은 짐작조차 하기 어려웠다. 하와이안셔츠를 입은 악당이 외할머니가 이불장 뒤쪽 비밀 공간에 숨겨놓은 홍두깨를 훔쳐 갔고, 그는 우리 가족의 비밀을 알고 있는 것 같았다. 덩치들이 이상한 방법으로 신체를 강화했던 것과 그들의 대장인 듯한 자가 마지막에 했던 말을 돌이켜 보면, 우리 가족 말고도 특별한 능력을 가진 사람들이 존재하는 것 같긴 한데. 이게 다 뭔지…. 당장 닥친 문제는 외할머니를 의식불명 상태에 빠뜨린 악당들에게 복수하기는커녕 중요한 물건을 빼앗기기만 했다는 것이었다. 분하고 억울했다.

덩치들이 헤집어놓은 탓에 방바닥에 아무렇게나 굴러다니고 있는 엄마와 외할머니의 물건들을 가만히 바라보았다.

그중엔 비디오테이프도 있었다.

"홍두깨? 나무 방망이 같은 거?"

민지가 과학실 옆 기자재실에서 오래된 비디오 플레이어를 찾아냈다. 버튼 몇 개가 망가진 상태였는데 민지가 고쳐보겠다고 나섰다. 나는 어제 집에서 맞닥뜨린 악당들에 대해 이야기했다.

"응. 그걸 찾으려고 우리 집을 뒤진 것 같았어."

"하와이안셔츠를 입은 사람들이?"

민지가 의심스럽다는 투로 물었다.

"너, 내 말 못 믿어?"

"못 믿는다기보다는, 너무 갑작스럽달까."

하기야 믿지 못할 만도 했다. 내가 생각해도 황당하니까. 당시의 상황을 더 자세히 설명하기 위해 기억을 더듬으려는데… 뭔가 이상했다.

"얼굴이 안 떠올라."

정확히 말하면 두 덩치의 얼굴은 기억이 나는데, 정작 가장 많은 대화를 나누었던 키 작은 아저씨의 얼굴이 생각나질 않았다. 얼굴을 떠올리려 노력하면 할수록 그가 입었던 하와이안셔츠의 이미지만 선명해질 뿐이었다.

"돌아버리겠네. 이것도 저쪽의 능력인가?"

"이렇게 해도 괜찮을지 모르겠네."

민지가 버튼 대용으로 끼워 넣은 플라스틱 조각을 눌렀다. 그러자 비디오 플레이어 전원에 불이 들어왔다. 성공이었다. 유튜브에서 찾아본 방식대로 비디오테이프를 플레이어에 넣었다. 연결된 TV 화면에 영상이 나왔지만, 거친 노이즈가 잔뜩 끼어 있어 내용을 알아볼 수가 없었다.

"되는 거 맞아?"

"기다려봐."

기다려도 달라지는 게 없다는 사실을 확인한 민지가 비디오 플레이어를 손바닥으로 쾅! 내리쳤다. 그러자 노이즈가 사라지고, 신나는 오프닝 음악이 들렸다.

"뭐지? 무슨 방송 프로그램 같은데?"

"옛날엔 다시보기가 없어서, 나중에 또 보고 싶으면 녹화를 했다던데. 그건가?"

이윽고 화면에 프로그램의 제목이 나타났다.

〈순간 포착, 세상에 그런 일이〉

"어, 이건⋯."

인터넷에서 본 적 있는 TV프로그램이었다. 이걸 왜 녹화했는지 궁금해지려는 찰나, 에피소드의 제목이 뒤이어 나타났다.

'제42회. 방귀 고수를 찾아서 편'

어쩐지 가슴이 두근거렸다.

20여 년 전 방영된 이 에피소드는 말 그대로 방귀 좀 뀐다는 전국의 기인들을 찾아 나서는 내용이었다. 기차 소리만큼 시끄러운 방귀를 뀔 줄 아는 어느 동네 문방구 아저씨, 두 가지 방귀 소리를 동시에 내어 화음을 만들 줄 아는 복학생이 나왔다. 물론 둘 다 신기한 능력이긴 했지만, 제작진이 마지막으로 찾아간 고수는 앞서 나온 두 출연자가 평범하다 싶어질 정도의 인물이었다.

내용은 이랬다. 마지막 출연자를 찾으러 간 리포터는 어느 평범한 가정집에서 수상한 소리가 나는 걸 듣고 집 안으로 들어갔다. 뿌, 뿌뿌뿌. 방귀 소리라기엔 짧았고 어쩐지 딱딱한 느낌이 들었다.

의아한 얼굴의 리포터가 카메라를 보며 말했다.

"이게 대체 무슨 소리죠?"

방문을 여니, 20대 중반쯤 되어 보이는 젊은 여성이 다리를 꼰 자세로 책상 의자에 가만히 앉아 있었다.

그 얼굴을 보고 깜짝 놀라서 나도 모르게 입을 열었다.

"엄마?"

하지만 엄마와는 묘하게 인상이 달랐다. 곧이어 이 여성 출연자의 이름이 자막으로 떴다.

방옥미(25세, 취업 준비 중)

민지가 물었다.

"너희 엄마야?"

"아, 아니. 우리 엄마 이름은 옥희인데…. 방옥희."

하나의 가능성이 머릿속에 떠올랐다. 엄마가 만든 창고 안에 있던 비디오테이프 영상에, 엄마와 너무나도 닮은 엄마 또래의 여성이 나오는데, 그 사람 이름이랑 엄마 이름이 한 글자만 달랐다. 그러고 보니 어제 찾은 옛날 사진 속 엄마 옆에 엄마보다 더 작은 아기가 있었다.

나와 민지가 동시에 외쳤다.

"동생?!"

엄마에게 동생이, 내게 이모가 있었다니? 생각지도 못했던 이모의 존재에 놀라기 무섭게, 더 놀라운 일이 화면 속에서 벌어졌다.

방옥미 출연자는 시종일관 무표정한 얼굴로 엉덩이 한쪽을 조금씩 들었다 놨다, 움직였다 멈췄다 했는데, 그 미세한 움직임에 따라 기계처럼 높이와 길이가 일정한 소리가 나왔다.

뿌우우 뿌우우 뿌(멈춤) 뿌우우 뿌 뿌우우 뿌우우(멈춤) 뿌우우 뿌우우 뿌(멈춤) 뿌(멈춤) 뿌우우 뿌 뿌우우(멈춤) 뿌우우 뿌 뿌우우(멈춤) 뿌우우 뿌 뿌우우 뿌우우(멈춤)…

"저건…?"

길고 짧은 소리가 줄줄이 이어지는 신호를 어디선가 들어봤다는 생각을 하다가 민지와 눈이 마주쳤다. 우리는 또 동시에 외쳤다.

"모스부호?!"

그랬다. 짧은 신호는 뿌, 긴 신호는 뿌우우.

화면 속 리포터가 물었다.

"무슨 신호 같은데요! 뭐라고 하신 거죠?"

"'세상에 그런 일이'라고 해봤어요. 모스부호로요."

리포터는 전쟁영화에서나 나오는 모스부호를 실제로, 게다가 방귀로 들은 건 처음이라며 온갖 호들갑을 떨었다. 이후에도 방옥미 출연자는 다양한 방귀 기술을 선보였다. 방귀로 비트박스를 했을 뿐 아니라 심지어는 방귀로 성대모사까지 했는데, 이주일이라는 전설적인 코미디언의 흉내를 냈을 때는 리포터가 웃다가 눈물까지 보였다. 리포터도, 내레이터도, 스튜디오의 진행자들도 모두가 웃느라 정신을 차리지 못하는 와중에 방옥미 출연자만은 끝까지 진지했다.

영상 속에 스치듯 나왔던 동네 풍경을 단서 삼아 인터넷으로 샅샅이 조사해 당시 옥미 이모가 살았던 집을 찾아갔지만, 그 집은 이미 허물어졌고 대신 낯선 빌딩이 올라와 있었다.

94

"혹시 20년 전쯤 이 동네에 살던 방옥미라고 아시나요?"

이발소, 부동산, 문방구, 슈퍼마켓. 민지와 함께 오래되어 보이는 인근 가게들에 무턱대고 들어가 물었다. 하지만 20년 전에 살던 사람을 찾는 건 쉽지 않은 일이었다. 간판도 없는 오래된 미용실에 들어갔다가 아무런 성과 없이 나오려는데, 머리에 구르프를 매단 할머니가 물었다.

"방 사장 말이냐?"

나는 민지와 눈을 마주친 뒤, 서둘러 대답했다.

"예전에 TV에 나왔었어요. 방귀 잘 뀌는 여자로."

"응. 맞아. 예전에 우리 집에서 잠깐 하숙도 했었거든. 종종 연락이 와. 가만있어 봐라. 작년에도 노인정에서 다 같이 한번 갔었는데…."

"다 같이 만나셨다구요?"

할머니가 핸드폰을 꺼내 한 손으로 능숙하게 지도 앱을 켜서 보여주며 한 마디 덧붙였다.

"아주 끝내줘."

'탐관오리백숙'.

구르프 할머니가 알려준 곳은 강원도 모처에 위치한 오리백숙집이었다. 주변에 다른 건물은 없었다. 외진 식당이라 그런지 지도 앱엔 연락처도 나오지 않았고 리뷰도 적혀 있지 않았다. 민지와 함께 학교 수업을 땡땡이치면서까지 여기에 왔다. 기차도 타고 버스도 타야 해서 도착하는 데 몇 시간이나 걸렸다. 정말 이곳에 옥미 이모가 있을까?

허름한 외관과 달리 꽤 깔끔하고 널찍한 식당 안쪽은 손님으로 가득했다. 직원처럼 보이는 젊은 여성에게 말을 걸었다.

"저 혹시…"

"번호표부터 끊고 밖에서 대기해 주세요."

탐관오리백숙은 숨겨진 맛집인 모양이었다. 그러고 보니 문 앞의 팔각정과 간이 의자에 사람들이 옹기종기 앉아 있었는데 그게 다 대기 중인 사람들이었던 것이다.

"어떡하지?"

"배가 고프긴 해."

민지가 식당 앞에 붙은 먹음직스러운 백숙 사진을 가리키며 군침을 삼켰다.

30여 분 동안 대기한 끝에 자리를 안내받았다. 여기가 정말 이모네 가게가 맞을까 싶어 주변을 두리번대고 있는데 큼지막한 백숙이 나왔다. 구수한 냄새가 코를 찔렀다. 일단은 백숙이 식기 전에 먹기로 했다.

백숙은, 대박 짱이었다. 그러니까 뭐라고 해야 할까. 국물 맛은 깊고, 고기는 부드러우면서도 적당히 질겨서 씹는 맛이 좋고, 고기에 국물이 잘 배어서 간이 적절하고… 아, 느껴지는 맛은 국가대표급인데, 우리 반 대표급밖에 되지 않는 내 표현력이 아쉬웠다. 암튼 늘 "백숙보다는 치킨이지!"를 외쳤던 내 좁은 안목을 한탄할 정도였으니 얼마나 맛있었는지 꼭 전달됐으면 좋겠다. 입맛이 까다롭다던 민지는 국물에 밥까지 말아먹었다. 우리는 여기 왜 왔는지도 까먹고 그릇을 싹싹 비웠다.

밥을 다 먹고 나서 식당 안을 찬찬히 둘러보았지만, 옥미 이모로 보이는 여성분은 없었다. 자칫하면 백숙 먹으러 학교 수업 땡땡이치고 강원도까지 온 여고생들이 될 판이었다(사실 그래도 될 정도로 백숙은 만족스러웠지만). 대기 손님들의 눈치가 보여 오래 머물긴 어려웠기에 겨우 자리에서 일어섰다.

계산을 하러 나가면서 직원에게 물었다.

"저 혹시, 여기 방옥미라는 분 계신가요?"

"누구요? … 야, 언니야! 8번 테이블 먼저 나가야지! 물은 셀프라고 말씀드리고! … 영수증 드릴까요?"

"아뇨. 그런데, 방…"

"3번 말고, 8번! 쟤는 정신머리를 어따가 두니!"

너무 바빠 보여서 더 물을 수가 없었다. 그때 카운터 안쪽 방에서 한 중년 여성이 나와 계산대 직원에게 말했다.

"내가 할 테니까, 가서 테이블 치우는 거 도와주라."

엄마와 닮았지만 각진 턱 때문에 묘하게 엄마보다 강해 보이는 인상, 옥미 이모였다. 방귀 고수로 TV에 나왔을 때보다

몸집이 두 배는 더 커진 것 같았지만 분명 동일 인물이었다.

"저…"

"왜? 영수증 줄까요?"

"그게 아니라, 저…."

내가 계속 우물쭈물하고 있자, 민지가 대뜸 물었다.

"방옥미 씨죠? 방옥희 씨 동생."

포스기 버튼을 누르던 옥미 이모의 손이 멈췄다. 그리고 이모는 천천히 우리 쪽으로 고개를 돌렸다.

"내 언젠가 이런 날이 올 줄 알았지."

"네?"

"홍이냐?"

옥미 이모가 물었다. 민지에게.

"제가 홍인데요."

내가 손까지 들고 대답했다. 옥미 이모는 그제야 나를 위아래로 잠시 살피더니 끄덕이며 말했다.

"그래. 이렇게 됐구나."

이렇게 됐다는 게 어떻게 됐다는 건지 물어보고 싶었지만, 옥미 이모가 바로 말을 이었다.

"조금만 기다리렴. 곧 브레이크 타임이니까."

한 시간 뒤, 나와 민지는 아무도 없는 식당 안에서 옥미 이모와 마주 앉을 수 있었다. 나는 모든 걸 이야기했다. 펌핑걸 활동부터, 외할머니의 입원, 하와이안셔츠를 입은 사내들이 가져간 홍두깨, 그리고 비디오테이프에 녹화된 옥미 이모의 모습을 보고 여기에 찾아온 과정까지 전부 다.

이야기를 듣는 내내 옥미 이모는 의외로 덤덤했다. 외할머니가 의식을 잃고 입원 중이라는 이야기에는 조금 놀라는 듯했지만, 이모가 동요한 건 그때뿐이었다.

"그래서 날 찾아온 이유는 뭐니?"

"뭐가 어떻게 된 일인지 알고 싶어서요."

옥미 이모가 짧게 한숨을 쉬었다.

"알면? 어쩔 건데?"

"그건…."

말문이 막혔다. 지금으로선 외할머니를 쓰러뜨린 악당들에게 복수할 수도, 빼앗긴 홍두깨를 되찾을 수도 없을 것 같았다.

"네 외할머니가 너한테 왜 안 알려줬을까?"

"……."

"널 보호하려고 그랬겠지."

"맞아요. 그런데 아시잖아요."

"뭘?"

"이젠 제가 할머니를 보호해야 해요."

옥미 이모는 숨을 한 번 깊게 들이쉬더니, 오래된 이야기를 시작했다.

아주 오래된 이야기부터였다.

'방귀쟁이 며느리'의 후손들, 특히 여자들은 엄혹한 시기마다 자신의 방귀 능력을 몰래 사용해 가며 중요한 역할을 해왔다. 일제강점기 때에는 만주의 독립군으로서 남장을 하고 최전선에서 활동하기도 했으며, 6.25 전쟁 중에는 피난민들을 보호하는 데 앞장섰고, 민주화운동 시기에도 암암리에 활약했다. 이 사실을 아는 사람들은 이들을 '방귀 전사'라고 불렀다.

하지만 언제나 그들의 활약은 인정받지 못했다. 누구는 하필이면 방귀 능력이라서 그렇다고 했고, 누구는 하필이면 여자라서 그렇다고 했으며, 누구는 여자가 방귀를 뀌어서 그렇다고 했다. 그 결과 자신의 방귀 능력을 절대 드러내서는 안 된다는 가문의 규율이 만들어졌으니, 이는 방비율(防秘律)이라 불렸다.

"제 아무리 강력한 방귀라고 해도, 방귀는 방귀였으니까."

내가 물었다.

"그럼, 엄마도…?"

옥미 이모가 작게 고개를 끄덕였다.

"그래. 마지막 방귀 전사. 그게 언니였어."

우리 엄마, 방옥희는 이전의 어떤 방귀 전사보다도 강력한 방귀 파워의 소유자였다. 어렸을 때부터 방귀 전사로서 국가의 비밀 기관에 소속되어 수많은 임무를 수행했다. 그동안 엄마는 자신의 방귀 능력을 철저하게 감추었다. 그런 삶이 자신의 숙명이라 여겼다.

하지만 옥미 이모는 달랐다. 이모는 방귀 능력을 숨기고 싶어 하지 않았다. 방귀에서 나오는 힘을 부끄러워하지 않았고, 가문의 규율이 시대착오적이며 불합리하다고 생각했다. 엄마에 비하면 옥미 이모의 방귀 능력은 하찮은 수준이었지만, 이모의 재능은 다른 데에 있었다. TV를 통해 보여준 대로 다양한 방귀 기술을 갖추고 있었던 것이다.

옥미 이모는 고지식한 외할머니를, 그런 외할머니와 닮아가는 엄마를 이해하지 못했다. 역대 최고의 방귀 전사라는 엄마와 사사건건 비교당하는 것도 싫었다. 우연한 기회로 TV프로그램의 섭외를 받았을 때 거절하지 않은 건 오랜 반발심 때문이었다. 뒤늦게 이모의 방송 출연 사실을 알게 된 외할머니는 일주일 동안 방에 틀어박혀 나오지 않았다.

그러던 어느 날 외출했다 돌아온 옥미 이모를 본 외할머니는 왼손 바닥이 배를 향하게 두고는 오른손 검지를 왼손 안쪽에서 바깥쪽으로 넘겼다.

가문의 규율을 어겼으니, 집을 나가라는 것이었다.

"마침 잘됐네. 나도 나갈 생각이었어!"

옥미 이모도 지지 않고 대꾸했다. 그러자 외할머니는 오른손 검지와 중지를 폈다가 중지를 접고 손등이 보이게 손을 돌리고는 아래쪽으로 당겼다. 그리고 오른손 엄지와 검지로 오른쪽 볼을 잡더니 세차게 흔들었다.

'다신 돌아오지 마.'

집을 나서는 옥미 이모의 눈에 눈물이 맺혔다.

"지긋지긋해."

그렇게 집을 나온 옥미 이모는 갖은 고생을 했다. 한동안은 어딜 가도 자신을 알아보고 웃는 사람들 때문에 정신이 나갈 지경이었다. 당당히 맞서려 했지만 젊은 여성이 공개적인 방귀쟁이가 된다는 건, 예전이나 지금이나 우스꽝스럽고 치욕적인 일이었다. 몇 차례의 곤욕을 치른 옥미 이모는 방송에 나간 것을 후회했다. 세상사를 등지고자 강원도 산골에서 식당 일을 시작했는데, 생각보다 손에 잘 맞았고 한 해 한 해 먹고살려고 애쓰다 보니,

"그게 너무 잘되어 버렸달까."

식당 문에 연도별로 붙어 있는 블루 리본 인증 스티커가 눈에 들어왔다.

"난 엄마도, 언니도, 방귀도 다 잊어버렸어. 지금껏 그렇게 살려고 했어. 미안하지만."

"…… 네."

"그렇긴 한데…"

"……?"

"몇 년 전엔가, 니 엄마가 찾아왔었어."

"엄마가요?"

내 눈이 동그래졌다.

"응. 실종되기 전에…. 그날도 이 테이블에 앉았었지."

마주 앉은 엄마와 이모는 한동안 아무 말도 없었다. 간혹 통화를 한 적은 있었지만 직접 얼굴을 마주한 것은 20여 년 만이었다.

엄마가 피곤해 보이는 얼굴로 말했다.

"부탁 하나만 하자."

"방귀 전사가 나 같은 식당 아줌마한테 뭘?"

뒤끝을 드러내는 옥미 이모를 보고도 엄마는 꿋꿋했다.

엄마는 당시 막 활개 치기 시작한 위험한 집단에 대한 이야기를 꺼냈다. 겉으로는 평범한 식품 회사처럼 보이지만 실은 그렇지 않다고 했다.

"내가 특정한 음식의 조합으로 고유의 방귀 능력을 발생시키듯이, 특정한 행동이나 물건 등을 조합해서 금지된 능력을 발생시키려는 이들이야."

"……."

"그들이 이번엔 홍두깨를 찾고 있어. 이유는, 알겠지?"

방귀쟁이 며느리가 나오는 전래동화들의 전반부는 대체로 비슷하지만, 며느리가 방귀 때문에 쫓겨나 친정으로 향하게 된 후반부에는 여러 가지 버전이 존재한다. 내가 봤던 전래동화에서처럼 유기 장수와 비단 장수를 만났다는 이야기가 가장 잘 알려진 버전인데, 잘 알려지지 않은 버전 중에는 이런 이야기도 있었다.

시댁에서 쫓겨난 며느리는 홀로 친정으로 돌아갔다. 도중에 산적을 만나기도 했지만 방귀와 지혜로 손쉽게 해치웠다. 며느리의 친정은 바닷가의 작은 마을에 있었는데, 하필 그때 이 지역에 왜구가 침입했다. 평범한 침입이 아니었다. 집채만 한 거인을 앞세운 왜구들이 바다를 건너온 것이었다. 거인과 왜구들은 순식간에 인근 마을들을 초토화한 데 이어, 방귀쟁이 며느리의 친정 마을까지 넘어오기에 이르렀다. 며느리는 관군과 함께 거인에 맞섰고, 다양한 방귀를 이용해 마침내 거인을 쓰러뜨렸다.

이어서 옥미 이모는 전래동화의 어떤 버전에도 포함되지 않은 이야기를 들려주었다. 방귀쟁이 며느리의 후손들에게만 전해진, 거인의 진짜 정체에 대한 이야기였다.

쓰러진 거인은 어느새 보통 체격의 왜구로 변해 있었다. 평범한 왜구가 특별한 물건과 행동의 결합으로 변신했던 것이었다. 며느리는 변신에 쓰인 핵심 물건인 홍두깨가 위험한 물건이라고 판단해, 이를 가보로 삼아 자신의 후손들에게 대를 이어 지키게 하였다.

전래동화에는 거인의 비밀에 대한 내용이 없다. 그저 며느리가 왜구들을 물리친 뒤 임금으로부터 금은보화를 받아 당당히 시댁에 돌아간 것으로 이야기가 끝난다. 거인 변신 기술은 비밀에 부쳐졌고, 시댁으로 돌아가 녹록지 않은 생활을 이어간 며느리의 여생 또한 기록되지 않았다. 제아무리 전공을 세웠다고 해도, 방귀 잘 뀌는 며느리이자 아낙일 뿐이었다. 이름 석 자조차 남기지 못했다.

믿을 수 없는 이야기였다.

"그럼 그 홍두깨를 가져간 이유가…."

"그래…."

옥미 이모가 깊은 숨을 한 번 내쉬곤, 이어 말했다.

"거인이 되고자 하는 것이지."

★

그 무렵, 홍두깨를 빼앗아 간 박만세 무리는 비바식품 바이오 연구실에서 중요한 실험을 진행 중이었다. 그날에 관한 기록 영상은 연구실 한가운데에 설치된 10미터 높이의 거대한 격리 부스 안에서 잔뜩 긴장한 속옷 차림의 남자가 대기 중인 장면으로 시작했다. 부스 밖에서는 하와이안셔츠 차림의 연구원들이 복잡하게 배치된 측정 버튼을 이리저리 눌러대고 있었고, 박만세는 뒤쪽 한구석에서 큼지막한 의자에 앉아 이 모든 걸 지켜보고 있었다. 그는 초조한 듯 연신 손의 땀을 닦아냈다.

잠시 후, 연구원 중 하나가 박만세를 향해 고개를 끄덕였다. 준비가 끝났다는 신호였다. 박만세가 살짝 고개를 끄덕여 응답하자 연구원이 'OPEN'이라 적힌 버튼을 눌렀다. 격리 부스 안에 있던 박스가 열리며 내용물이 드러났다.

홍두깨였다.

연구원은 마이크를 통해 부스 안의 사내에게 말했다.

"시작해."

부스 안의 사내가 자신의 앞에 놓인 그림을 바라봤다. 1번부터 4번까지 순서가 매겨져 있었다. 1번은 한 다리로 서는 자세, 2번은 의문의 초록색 채소를 먹는 모습, 3번은 홍두깨를 잡는 모습을 담고 있었다. 그리고 마지막 4번은 '여보 마이클 이마 보여', '다리 그리고 저고리 그리다'라고 말하는 사람이 그려진 그림이었다.

사내는 순서대로 지시를 따랐다. 외발로 선 채로, 의문의 채소를 집어 먹었다. 그가 약간의 물기를 머금은 초록색 채소를 입에 넣자 아삭, 씹는 소리가 들렸다. 뒤이어 사내는 조심스럽게 홍두깨를 잡아 들고, 마지막으로 그림에 적힌 문장을 읽어 내려갔다.

"여보 마이클 이마 보여."

기록 영상 속의 모두가 숨을 죽였지만, 아무 일도 일어나지 않았다.

"다리 그리고 저고리 그리다."

부스 안은 여전히 평온했다. 외발로 선 사내가 잠깐 비틀거렸을 뿐.

그 순간, 의자에 앉아 있던 박만세가 폴짝 뛰어내렸다. 그리고 직접 마이크에 대고 소리를 질러댔다.

"홍두깨를 흔들어봐!"

"이렇게 막 좌우로!"

사내가 박만세의 지시에 따라 별의별 행동을 다 했지만 여전히 아무런 변화가 일어나지 않았고, 박만세는 흥분하기 시작했다.

"그럴 리가 없어…. 그럴 리가!"

거의 이성을 잃은 듯한 박만세가 직접 격리 부스 안으로 들어갔다. 연구원들이 위험하다며 말렸지만 소용없었다. 박만세는 직접 외발 서기를 하고, 채소를 먹고, 홍두깨를 빼앗아 들더니 외쳤다.

"다리 그리고 저고리 그리다! 여보 마이클 이마 보여!"

온갖 추가 동작까지 곁들여 외쳐댔지만, 결과는 아까와 마찬가지였다.

"왜! 왜! 왜 안 되는 거야! 왜!"

제 분을 이기지 못한 박만세가 홍두깨를 바닥에 세게 내동댕이쳤다. 땡그르! 어딘가 이상했다. 최소 몇백 년 전에 만들어진 원목 홍두깨치고는 너무 가벼운 소리였다. 박만세도 이상함을 느꼈는지 바닥에 뒹구는 홍두깨를 다시 집어 들어 유심히 살펴보았다. 부스 안의 기록용 카메라가 홍두깨의 바닥 부분을 최대한 확대했다. 문구 하나가 아주 작은 글씨로 얄밉게 쓰여 있었다.

Made in China.

★

옥미 이모가 테이블 위에 홍두깨를 꺼내 놓았다.

한눈에 보기에도 일전에 박만세가 가져갔던 것과는 달랐다. 단단하고도 매끈한 나무의 질감에서 누적된 세월의 묵직함이 느껴졌다.

"니 엄마가 그날 맡기고 갔어. 아무래도 여기가 더 안전할 것 같다면서."

"그럼… 저희 집에 있던, 그 사람들이 가져간 건요?"

"그냥 밀대일걸, 아마? 다이소에서 산."

"하!"

쌤통이다! 나도 모르게 코웃음을 쳤다. 옥미 이모가 홍두깨를 가리키며 말했다.

"가져가. 내가 할 일은 여기까지…."

"저, 방귀 전사요."

내가 말을 끊으며 나서자, 옥미 이모도 민지도 나를 쳐다봤다. 나는 홍두깨를 손에 쥐고 말했다.

"자기들이 가져갔던 게 가짜라는 걸 알면, 하와이안셔츠 무리가 조만간 다시 이걸 찾으러 올 거예요. 지금 제 힘만으로는 홍두깨를 지킬 수 없구요."

"……."

"저는 방귀 전사가 되고 싶어요. 엄마처럼요."

옥미 이모는 엄마가 홍두깨를 맡기고 갔던 날을 다시 떠올렸다.

자리에서 일어나 돌아가려던 엄마에게 옥미 이모가 말했다.

"이건 맡아둘게. 대신 이게 끝이야. 다신 찾아오지 마."

"그래. 네가 원한다면 그럴게. 그래도 혹시…"

엄마가 말을 이었다.

"혹시… 언젠가 내 딸이 너를 찾아오면 말이야."

"……."

"도와줘, 그 앨."

엄마는 품속에서 오래된 책 한 권을 꺼내 옥미 이모에게 내밀었다. 그리고 그대로 떠나가 버렸다.

옛 생각에 잠겨 한참 동안 말이 없던 옥미 이모가 내 얼굴을 가만히 바라보더니, 겨우 입을 뗐다.

"니 엄마나 너나."

"……."

"각오는, 되어 있겠지?"

나는 고개를 힘껏 끄덕였다.

"네."

방귀비법

민지는 먼저 돌아갔다. 민지네 집으로 가는 시외버스를 함께 기다리던 중에 민지가 말했다.

"네가 돌아올 때까지 나도 준비를 해둘게."

대체 무슨 준비를 하겠다는 건지. 마음 같아선 괜찮다며 말리고 싶었지만, 여기까지 함께해 준 게 고맙고 미안해서 자세히 물어보는 대신 알겠다고만 대답했다.

나는 식당 옆에 딸린 작은 방에서 옥미 이모와 함께 지냈다. 오전엔 주로 주방 일을 도왔고, 오후에 수련을 했다. 내가 병원에 혼자 있을 외할머니를 걱정하자 옥미 이모가 말했다.

"외할머니랑 집은 걱정하지 마라. 우리 쪽에서 알아서 돌봐드릴 거야."

나중에 알게 되었지만 옥미 이모는 그동안 탐관오리백숙의 직원들 몇 명을 시켜 외할머니를 다른 안전한 병원으로 옮겼고, 우리 집의 이사를 진행했다. 박만세가 찾아올 것을 대비해 꼭꼭 숨겨둔 것이었다.

식당에서 지내게 된 지 이틀째, 엄마가 맡긴 것이라면서 옥미 이모가 책을 한 권 건네주었다. 그렇다.《방귀비법(放氣祕法)》이었다. 한눈에 보기에도 정식 출간된 물건은 아니었다.

"역대 방귀 전사들의 수련 방법을 기록해 놓은 책이야."

언제 쓰였는지 짐작도 하기 힘든 초반부 페이지에는 한글보다 한자가 더 많아, 중간중간 그려진 그림으로 내용을 짐작해야 했다. 책장을 넘겨보니 손 글씨가 적힌 페이지와 내용이 인쇄된 페이지가 섞여 있었다. 오랜 시간 수많은 방귀 전사들과 그 주변인들이 갈고닦은 비법을 담은 책이라는 걸 느낄 수 있었다.

책에 쓰인 문장들은 이를테면 이런 것들이었다.

방귀란 '자연(自然)'스러운 것이다.
스스로 '자(自)', 그러할 '연(然)'.

본격적인 수련을 시작한 뒤부터 매일 이른 새벽, 식당 뒷산의 바위에 가부좌를 틀었다. 그러면 10분도 채 되지 않아 주변의 새들과 다람쥐들이 모습을 드러냈다. 마음을 비우고 자연과 하나가 되어야 했다.

뿡.

하지만 아무리 작게 뀌어봐도 동물들은 후다닥 달아나기

일쑤였다.

주방 일도 만만치가 않았다. 산더미 같은 재료를 다듬고, 산더미 같은 그릇을 설거지하고 나면 체력과 정신력 모두가 금방 거덜 났다. 휴. 왜 영화나 만화 주인공이 수련에 들어가면 꼭 스승이 주방에서 일을 시키는지 알 것도 같았다.

무엇보다 힘들었던 부분은 함께 일하는 직원들이 아주머니, 언니 할 것 없이 아무 때나 아무 데서나 방귀를 뿡! 뿍! 뀐다는 점이었다. 처음엔 너무 놀라서 쳐다봤는데, 다들 아무렇지도 않다는 표정이라 도리어 내가 잘못된 것 같다는 기분만 들었다.

일을 하면서 알게 된 바, 옥미 이모네 백숙 맛의 비결은 바로 아궁이였다. 시골이라 아궁이에 불을 땔 수 있었기에 이모는 백숙을 삶을 때도, 한약재를 달일 때도 아궁이를 이용했다. 어느 날 옥미 이모는 내게 미션을 하나 주었다. 한약재를 달이는 아궁이 불의 세기를 밤새 똑같이 유지하라는 것이었다.

옥미 이모는 이렇게 강조했다.

"방귀는 네 안에 있는 거야. 그걸 이해해야 해."

말은 쉽지. 미션 수행은 잘되지 않았다. 방귀를 살살 뀌면 불이 너무 약해졌고, 세게 뀌면 불이 너무 강해져 한약재가 탔다. 때로는 아예 불이 꺼져버리기도 했다.

이곳에 온 후로 핸드폰을 계속 꺼두었다. 수련에 방해가 되

는 데다 옥미 이모가 그러라고 했기 때문이었다. 이모는 박만
세가 나를 찾으려 주변인들에게 접근할 거라며, 서로의 안전
을 위해 친구들과 연락하지 말라고 했다. 연락하는 건 안 되더
라도 핸드폰을 켜는 건 괜찮지 않을까 싶어서 오랜만에 조심히
핸드폰을 켜보았더니, 며칠간 쌓여 있던 친구들의 문자메시지
가 쏟아졌다. 최.강.임에게서, 반 친구들에게서, 민지에게서 온.
그러고 보니 외할머니의 갑작스러운 입원 이후 걱정해 준 친
구들에게 고맙다는 인사도 제대로 하지 못했다. 괜히 메시지를
열었다가 읽씹했다는 얘기만 들을까 봐서, 미리보기로만 슬쩍
확인하고 다시 핸드폰을 끄…려다가 무음 설정만 해두었다. 난
열여덟 살이고, 응원이 필요했다.

　　매일 《방귀비법》에 나오는 방귀 기술들을 익혔다. 그동안
내가 익혔던 것들, 그저 높이 날아오르거나 빠르게 움직이는
기술 따위는 방귀가 가진 무한한 힘의 아주 작은 일부에 불과
했다. 내 안의 힘을 제어하는 법을 체득한 뒤로, 나는 번개처럼
빠르게 움직였다가 구름처럼 가만히 머무를 수 있게 되었다.
바위처럼 무거워졌다가 낙엽처럼 가벼워지기도 했다. 방귀의
세기와 횟수를 조절할 수 있게 되니, 밤새 아궁이 불의 세기를
똑같이 유지하는 일도 가능해졌다.

　　그렇게 고된 하루하루가 지나갔다.

수련을 시작한 지 일주일째 되던 날, 이른 새벽 뒷산 바위에 오른 나는 오래도록 내려가지 않았다.

"얘, 도망간 거 아냐?"

주방 직원들의 수군거림을 들은 옥미 이모가 날 찾으러 직접 뒷산에 올랐다. 나는 바위 위에 가부좌를 튼 채로 동물들에게 둘러싸여 있었다.

"킁킁."

옥미 이모가 공기의 냄새를 맡았다. 아침 안개 속에 은은하고 자연스럽게 방귀의 냄새가 스며들어 있었다.

나는 슬며시 미소를 지었다. 성공이었다.

"홍아, 여기 감자랑 당근 좀."

"네! 가요!"

주방 일은 여전히 바빴다. 하지만 이제 재료 손질 정도는 알아서 척척 할 수 있게 되었다.

뿌웅!

내 방귀 소리였다. 너무 바쁘다 보니 내가 뀌었는지도 몰랐는데, 갑자기 주방 직원들이 잠깐 하던 일을 멈추고 내 앞으로 다가와 박수를 쳤다.

짝짝짝!

"드디어 깨달았구나. 방귀가 아무것도 아니라는 걸."

115

그날 저녁에 옥미 이모가 말했다. 알게 모르게 이루어진 수련은 점점 끝을 향해 갔다.

"이제 마지막 하나만 남았다."

《방귀비법》에 실린 기술들은 천차만별이었지만, 무엇을 연마하든 방귀 전사가 되기 위해서는 하나의 지향점을 추구해야 한다고 쓰여 있었다. 바로 방귀와 내가 하나가 되는 경지라고 했다.

이모가 말했다.

"완벽한 방귀는 소리가 나지 않는다더군."

"그게… 어떻게 가능한가요?"

"그런 경지는 무엇을 억지로 한다고 도달할 수 있는 게 아니야. 준비가 끝나면 자연히 이르게 될 거다."

"'방귀와 하나가 된다'라…."

그게 도대체 뭔지 짐작도 가지 않았다.

베스트 프렌드

우리가 훗날 '문제의 그날'이라 부르게 된 그날의 사건은, 하교하는 학생들이 교문 건너편에 줄지어 선 검은색 리무진과 외제 차를 보고 수군거리면서부터 시작됐다. 외제 차 주변에서 하와이안셔츠를 입은 덩치들이 어슬렁거리기까지 하니, 학생들 사이에서는 금방 이상한 소문이 퍼졌다. 하와이 조폭들이 일진들을 스카우트하기 위해 찾아왔다느니, 누가 하와이 카지노에서 큰 빚을 져서 그 돈을 받으러 온 거라느니. 하지만 정작 덩치들이 학생들을 붙잡고 물어본 건 그런 무시무시한 내용이 아니었다.

"2학년 2반인 사람~ 응? 아니. 1학년 2반 말고, 2학년. 거기 너, 다홍이라고 알아?"

그들이 나를 찾고 있으며 내가 며칠째 무단결석 중이라는 사실은 순식간에 또 다른 소문을 낳았다. 나는 원래 하와이에서 호텔을 운영하는 재벌가의 손녀이고 아빠는 하와이 조폭인데, 상속 싸움에서 밀려 도피 생활을 어쩌고저쩌고…. 아무튼 그놈의 하와이안셔츠!

"홍은 왜 찾으시는데요?"

민지였다. 과학실의 천체망원경으로 교문 앞 광경을 훔쳐보고 있던 민지는, 그들이 나를 찾는다는 소식을 듣고 다가가 봤다고 한다. 말로만 들었던 하와이안셔츠 패거리가 진짜로 나타났으니 특유의 호기심이 동하기도 했을 것이다.

"너 다홍 친구니?"

"그런데요. 왜요? 누구신데요?"

민지가 묻자, 리무진의 뒷좌석 차창이 우아하게 내려가며 한 사람이 모습을 드러냈다. 박만세였다.

"우리는 홍이 삼촌들이야. 중요한 집안일이 있는데 홍이랑 연락이 안 돼서 말이야."

"증거 있어요?"

"무슨 증거?"

"뭐, 가족관계증명서라든가."

박만세가 피식하고 웃었다.

"너 웃긴 애구나. 네가 홍이랑 제일 친하니?"

"아니요!"

민지가 대답한 것이 아니었다. 민지의 뒤에 세 명의 여고생이 불만스러운 얼굴을 하고 서 있었다. 소문을 듣고 한달음에 달려온 최.강.임이었다.

"저희가 제일 친한데요! 홍이랑."

나중에 전해 듣자니, 박만세는 최.강.임을 차에 태우자마자 자신의 행동을 후회했다고 한다.

"아저씨, 이 차 얼마예요? 빌린 거 아니죠?"

"여기 봐. 이거 열려. 술도 들어 있어!"

나란히 앉은 최.강.임이 하나의 몸에 머리가 세 개 달린 케르베로스처럼 고개를 각자 사방으로 돌리며 리무진 안 곳곳을 둘러보고, 만져대고, 쉼 없이 떠들어댔기 때문이었다.

"홍이 뭐 잘못했어요?"

"조폭 같진 않은데, 그럼 홍이 진짜 재벌 3세예요?"

맞은편에 앉은 박만세가 짜증을 꾹 참으며 대답했다.

"그런 거 아니다. 우리는 그냥…"

"어! 재원 선배다."

최지윤이 머리를 차창 밖으로 빼고 외쳤다.

"재원 선배! 선배!"

마침 횡단보도 신호에 리무진이 멈춰 서자, 하교 중이던 재원 선배가 깜짝 놀라 다가왔다.

"너네 뭐야? 리무진? 뭔데? 무슨, 뭐, 유튜브야?"

임소이가 최지윤 뒤로 고개를 내밀며 외쳤다.

"선배. 타실래요?! 어디까지 가세요?"

박만세가 어이없어하며 끼어들었다.

"야, 이게 무슨 택시냐?"

재원 선배는 난처한 표정을 지으면서도, 리무진 내부가 궁금하기는 한지 은근슬쩍 안을 들여다봤다.

"역까지 가긴 하는데, 진짜 타도 돼? 누구 찬데?"

"안 된다니까, 얘들이 증말!"

박만세가 만류했지만, 최.강.임은 개의치 않았다.

"이 선배도 홍 알아요. 선배, 홍 알죠? 그쵸?"

"어? 어. 알지."

"타세요. 자리 넓어요!"

뒷좌석 문을 벌컥 열어젖힌 최.강.임이 서로의 엉덩이를 밀치며 굳이 자리를 마련했다. 횡단보도 신호가 바뀌었는데도 재원 선배가 차에 타지 못한 채 망설인 탓에, 뒤쪽 차들이 클랙슨을 마구 울려댔다. 박만세가 어쩔 수 없다는 듯 손짓했다.

"뭐 해, 일단 타!"

나는 이때의 상황을 민지에게 전해 들었다. 민지가 전동 킥보드를 타고 리무진을 몰래 쫓고 있었던 것이다. 재원 선배가 리무진에 올라타자 민지는 혼잣말을 중얼거렸다.

"흥미로운 변수네."

곧 리무진이 출발했고, 민지는 계속 그 뒤를 쫓았다.

우리 학교 학생이라면 그곳이 어떤 곳인지 다 알았다. 학교에서 차로 30분쯤 달리면 건설이 중단된 고층 건물들이 즐비한 지역이 나왔다. 근처에 KTX 기차역을 신설한다던 계획이 몇 년 전 취소됐다고 들었다.

우리는 그 지역을 '유령 도시'라고 불렀다.

덩치들은 최.강.임과 재원 선배의 양손을 묶은 뒤 유령 도시 어딘가의 흙바닥에 앉혔다. 최.강.임이야 자청해서 따라왔다지만, 얼렁뚱땅 함께 오게 된 재원 선배는 이게 무슨 상황인지 전혀 모르겠다는 표정이었다고 한다. 그때까지도 끊임없이 떠들어대던 최.강.임이 심상치 않은 분위기를 느낀 것은, 덩치들이 차 트렁크에서 야구방망이와 쇠 파이프를 꺼내 든 뒤부터였다.

낚시 의자를 가져온 박만세가 최.강.임과 재원 선배의 맞은편에 앉았다.

"니네 중에 누가 홍이랑 제일 친해?"

최.강.임이 동시에 묶인 양손을 들었다.

"셋 중에 누구?"

"셋 다 똑같이 친한데요."

최.강.임 중 한 명이 말했다.

"저희는 넷이지만 하나거든요."

★

그 무렵 나는 주방에서 설거지를 마치고 잠시 쉬는 중이었다. 전화가 연달아 걸려왔다. 처음엔 최지윤이, 그다음엔 강별이, 마지막으론 임소이가 연락했다. 끝까지 받지 않았다. 무슨 일인진 몰라도 내가 전화를 받았다간 최.강.임이 괜한 피해를 입을 것 같았다.

"미안."

그런데 이번엔 저장되어 있지 않은 번호로 전화가 왔다. 혹시나 싶어 외우고 다녔던 번호, 재원 선배였다.

"여보세요?"

나도 모르게 받았다. 핸드폰 너머로 익숙한 목소리들이 우르르 쏟아졌다.

"야! 너 왜 내 전화는 안 받아?"

"하와이 조폭이야!"

"경찰에 신고해!"

"이거 유튜브 찍는 거지? 맞지?"

각기 다른, 영문 모를 말들이 동시에 들려서 어떤 말에 대답을 해야 할지 감을 잡을 수 없었다.

"그게, 뭐? 아니, 왜? 무슨?!"

내가 허둥대는 사이 저쪽이 갑자기 조용해졌다. 그리고 다른 목소리가 들렸다.

"꼬맹아. 잘 들어라."

기분 나쁜 말투, 박만세였다.

"주소 하나 보낼 테니까, 친구들 다시 만나고 싶다면 홍두깨 가지고 오늘 5시까지 거기로 와."

"네?"

전화가 끊어지자마자 주소가 적힌 문자메시지가 도착했다. 검색해 보니 유령 도시 한복판이었다. 뭐가 뭔지 생각할 겨를도 없었다. 트렌치코트와 쇼핑백을 챙겨서 뛰쳐나가려는데, 민지에게서 전화가 걸려왔다.

"납치야."

내가 통화 버튼을 누르자마자 민지가 말했다.

"방금 전에 애들 전화 받았어! 지금 출발하려고. 근데 넌 어디야?"

바람 소리가 크게 들리길래 물어봤더니, 민지는 전동 킥보드를 타고 박만세 무리를 쫓아갔단다. 속도 차이 때문에 유령 도시 초입에서 리무진을 놓친 상태라, 계속 주변을 돌아다니며 찾는 중이라고 했다.

"오는 데 얼마나 걸릴 거 같애? 참고로 방귀 팩은 내가 챙겨 왔어."

"날아서 가면 아슬아슬하게 한 시간 정도? 근데 방귀 팩이라니 뭐야?"

"방귀 타입별 음식 조합을 넣어둔 건데, 네가 빨리 먹을 수 있게, 으아악!"

“민지야, 민지야…?”

전화가 끊겼다.

“아야….”

쓰러진 민지가 무릎을 어루만졌다. 두리번거리며 전동 킥보드를 몰다가, 부서진 콘크리트 바닥에 걸려 계단 아래로 굴러 버렸다. 무릎과 팔꿈치가 좀 까지고 핸드폰 화면이 박살 났지만, 별일은 아니었다. 큰 문제는 따로 있었다.

“아, 안 돼!”

가방에서 튕겨 나간 방귀 팩들이 계단 아래 하천으로 모두 떨어지고 만 것이었다.

“그동안 감사했습니다.”

펌핑걸 차림으로 옥미 이모에게 인사를 했다. 갑작스러운 이별에 탐관오리백숙 직원들이 하던 일을 잠시 멈추고 나를 배웅하러 나왔다.

옥미 이모가 내 손을 꼭 잡으며 말했다.

“기억해라. 넌 방귀 전사의 딸이야.”

“맛집 사장님의 조카이기도 하구요.”

내가 대답하자, 옥미 이모가 웃었다.

막 출발하려는데 직원 한 분이 급히 달려와 비닐봉지 하나를 손에 쥐여줬다.

"가져가서 먹어."

옥수수와 감자가 가득했다.

"저 지금 친구들 구하러 가는 건데."

"그럼 구한 다음에 친구들이랑 나눠 먹어."

막무가내였다. 홍두깨를 넣은 작은 가방에 마저 잘 챙겨 넣었다. 꾸벅 인사를 한 뒤, 복숭아 맛 사탕을 입에 넣고 날아올랐다.

이모와 직원분들은 내가 보이지 않을 때까지 손을 흔들어주었다.

★

5시가 거의 다 되었을 무렵, 최.강.임과 재원 선배는 손과 발이 묶인 데 이어 입까지 테이프로 막힌 처지가 되었다. 애들은 그사이 무슨 일이 있었는지 기억 안 난다고 했지만, 아마도 입으로 한참 까불었을 것이다.

강별이 묶인 손을 다급히 흔들며 할 말이 있다는 신호를 보내자, 박만세가 덩치를 시켜 입을 막은 테이프를 떼주었다.

"화장실 가고 싶은데요."

"안 돼."

"저도 안 되는데요."

"시간 다 됐어. 좀 참아."

"아까부터 참았는데…."

이번엔 임소이가 손을 흔들었다. 테이프를 떼주자, 임소이는 한숨부터 쉬었다.

"휴, 아저씨들. 지금 실수하시는 거예요."

"무슨 실수?"

"우리는 그렇다 쳐도, 재원 선배는 펌핑걸이랑 그렇고 그런 사이거든요."

재원 선배는 깜짝 놀라서 임소이를 쳐다봤지만 입이 막혀 아무 말도 할 수 없었다. 박만세가 눈썹을 긁적이며 물었다.

"그렇고 그런 사이가 무슨 사인데?"

"미래를 약속한 사이."

최지윤이 갑자기 끼어들어 대신 대답했다. 막힌 입을 어떻게 풀었는지는 모르겠지만.

박만세는 그 말에 흥미를 보였다.

"미래를 약속해?"

"읍? 읍?"

재원 선배는 아니라는 말을 전하고 싶은 듯 고개를 저었다. 박만세가 재원 선배 앞에 있던 덩치에게 턱짓을 했고, 재원 선배의 입도 자유로워졌다.

"저, 저 그런 사이는 아닌데요. 펌핑걸하고."

박만세가 물었다.

126

"그럼 무슨 사인데?"

"글쎄요…. 구출하고, 구출된 사이?"

"특별한 관계 맞잖아요. 선배! 펌핑걸 좀 불러주세요! 세 번 부르면 오잖아요!"

"내가 아니라는데 왜 니들이…. 부른다고 오지도 않고."

박만세가 다시 끼어들었다.

"니가 부르면 온다고? 불러봐."

"그래요. 선배! 불러요."

양측에서 불러보라고 난리를 치는 통에 곤란해하던 재원 선배가 문득 무언가를 깨달은 듯 환한 얼굴을 했다.

"알았다! 내가 세 번 부르면 이거 끝나는 거구나! 맞지?"

선배 옆에 있던 최지윤이 되물었다.

"뭐가 끝나요?"

고개를 빼고 숨은 카메라를 찾던 재원 선배가 작게 소곤거렸다.

"유튜브, 깜짝 카메라. 내가 세 번 부르면 펌핑걸 등장하면서 끝나는 거잖아."

"아직도 깜짝 카메라 타령이에요? 이거 봐요. 저 아저씨들 때문에 내 무릎 다 까졌는데, 이게 무슨 깜짝 카메라야."

"그럼 진짜 하와이 조폭이라고? 그렇다기엔 너무…."

재원 선배가 박만세를 위아래로 훑었다. 그 눈빛에 박만세가 언짢은 기색으로 물었다.

"너무 뭐?"

"아, 아니에요."

"뭔데? 뭐, 말해봐. 너 지금 뭐 말하려고 했잖아. 그런 식으로 말하다 마는 게 더 기분 나쁜 거 알지? 말해보라니까? 뭔데? 너무 뭐?"

박만세가 집요하게 묻자, 당황한 재원 선배가 어쩔 수 없다는 듯 말했다.

"그게… 조폭 대장이라기엔, 좀 작으신 거 같아서…."

박만세의 표정이 일순간 굳었다. 그 모습에 덩치들도 덩달아 긴장했다.

"하아…."

낚시 의자에서 일어난 박만세가 숨을 몰아쉬더니, 갑자기 의자를 발로 차며 외쳤다.

"이것들이 진짜! 니들, 내가 만만해? 나 본색 드러내? 앙? 니들이 죽어라 공부해서 대학 가고 취직해서 평생 뒤져라 일해도 결국 내 밑이야! 밑! 앙?! 내가 그런 존재야, 알아?! 꼬맹이들아?!"

"뭐야. 왜 저래?"

최지윤이 중얼거렸다. 임소이가 모르겠다며 고개를 저었다. 흥분을 가라앉히지 못한 박만세가 덩치들에게 손짓을 했다. 그의 손끝은 근처에 깊게 파인 구덩이를 가리키고 있었다.

뒤이어 박만세가 목을 긋는 시늉을 하며 말했다.

"마무리해."

그러자 덩치들이 최.강.임과 재원 선배를 일으켜 세웠다. 임소이가 끌려가며 외쳤다.

"아직 5시 안 됐는데요? 4시 58분인데!"

"몰라! 내 맘이야!"

박만세가 빽 소리를 지르자 최.강.임이 치사하다며 발악을 해댔다. 재원 선배는 끝까지 두리번거리며 카메라를 찾았다.

"펌펑걸!"

갑자기 임소이가 외쳤다. 갑작스런 외침에 모두가 깜짝 놀랐다.

"저, 진짜 화장실 급한데…!"

강별이 잠깐 끼어들었고, 최지윤이 마저 외쳤다.

"펌펑걸! 펌펑걸!"

휑한 유령 도시에 최지윤의 목소리가 메아리처럼 울려 퍼졌다. 하지만 펌펑걸은커녕 새 한 마리 날아오지 않았다.

"낄낄! 택시냐? 부른다고 오게."

그때였다.

뿌빠-빠-빠!

굉음과 함께 사람들의 머리 위로 엄청난 바람이 불어왔다.

모래와 흙이 바람과 만나, 주위가 보이지 않을 정도로 뿌연 흙먼지가 일었다. 그 속에서 누군가 모습을 드러냈다.

펌핑걸, 그러니까 나였다.

"짜, 짜잔… 콜록! 콜록!"

급히 날아온 것치고 안정적으로 내려왔지만, 이런 흙바닥에 착지하게 될 줄은 몰랐다. 여기저기서 기침 소리가 들렸다. 흙먼지가 잦아들어 주위를 둘러보다가, 박만세와 덩치들에게 잡혀 있는 최지윤과 눈이 마주쳤다.

최지윤이 외쳤다.

"펌핑걸!"

"임소이하고 강별은?"

"네? 네! 저쪽에…."

고개를 돌리니 임소이와 강별, 그리고 재원 선배가 보였다. 묶여 있긴 했지만 무사해 보였다. 다행이었다.

박만세가 코와 입을 막은 채로 외쳤다.

"야! 홍두깨는?"

내가 고개를 끄덕이자, 박만세가 미소를 지었다.

"먼저 보여주면 애들은 바로 풀어주지."

등에 멘 가방에서 홍두깨를 꺼내려는데, 임소이가 재원 선배를 밀어 앞장세우며 손을 흔들었다.

"펌핑걸! 여기 재원 선배도 있어요!"

"어, 어~ 그러니."

들키지 않으려고 최대한 어른처럼 대답했다. 3옥타브 마스크 덕분에 자동으로 목소리가 변조되었지만, 나도 모르게 또 3옥타브를 낮춰서 말하는 바람에 6옥타브나 내려간 초저음이 되었다.

최지윤이 물었다.

"펌핑걸! 홍 대신 오신 거예요?"

"응? 뭐? 홍?"

"아니 그 홍두깨요. 아까 저 아저씨가 홍한테 가져오라고 했는데, 펌핑걸이 가져오셨길래…."

예리한 것! 쇼핑백 안에서 혀를 내둘렀다.

"맞아! 대신, 대신 왔어. 아무래도 내가 빠르기도 하고! 홍한테 급한 일이 있어서, 그게 엄청 바쁜, 집안일이라나 뭐라나."

"대박, 홍이랑 알아요?"

"알지."

임소이가 끼어들었다.

"아까 저희 이름도 부르시던데, 혹시 홍한테 들으셨어요?"

"아…."

갑자기 말문이 턱 막혔다. 내가 이름을 불렀나? 이런, 그랬나 보다.

"그, 그랬지. 그치…. 홍한테 들었지!"

자기 이름을 안다는 말에 애들이 수군거렸다. 나는 재빨리 한마디를 덧붙였다.

"그러니까, 홍의 베프들…! 베프들이라고."

그 말을 들은 최.강.임은 서로 마주 보며 기쁨을 감추지 못했다. 정체를 들킬 뻔한 문제는 잘 수습된 모양이었다. 그런데 가운데서 어리둥절한 얼굴로 가만히 듣고 있던 박만세가 느닷없이 끼어들었다.

"뭔 소리야? 홍이랑 펌핑걸은 같은 사람…"

"아아아아!"

내가 외쳤다. 저 인간의 입을 막아야 했다.

"같은 사람처럼! 아주 친하다는 거지!"

내가 손가락 두 개를 나란히 붙이며 말을 이었다.

"알지? 그러니까 한 몸처럼! 언니 동생 하는 사이니까. 언니 동생!"

말을 하면 할수록 더 이상해지는 것 같았다. 차라리 입을 닫는 게 나을 듯했다. 재빨리 가방에서 홍두깨를 꺼내 박만세를 향해 흔들었다. 닥치고 이거나 빨리 받아 가라는 재촉이었다.

다가온 박만세가 홍두깨를 잡았지만, 나는 여전히 반대편을 꽉 쥔 채로 말했다.

"애들부터 풀어주시죠."

박만세가 고개를 돌려 덩치들에게 풀어주라는 신호를 보냈다. 손발이 자유로워진 최.강.임이 쪼르르 내 뒤로 와서 섰다.

"나 화장실!"

강별은 그제야 볼일 볼 곳을 찾아 공사장 너머로 뛰어갔다.

내가 홍두깨를 잡고 있던 손을 놓자, 박만세가 홍두깨를 들고 뒷걸음질을 쳤다. 마지막으로 풀려난 재원 선배도 내 뒤로 오려는데, 덩치가 재원 선배의 목덜미를 움켜잡았다.

"어? 왜요?"

당황한 나의 물음에 박만세가 웃으며 말했다.

"나도 보험 하나는 들어놔야지. 저번에 속은 것도 있고."

박만세의 손짓에 따라, 덩치들이 바지 주머니에서 작은 지퍼 백을 꺼내 그 안의 초록색 채소를 먹었다. 지난번에 우리 집에서 덩치들이 먹었던 그 채소였다.

수련 중이던 어느 날, 이모에게 물어봤었다.

"그 사람들이요. 어떤 채소를 먹더니 몸이 막 변하더라구요. 애호박 썬 거처럼 생겼는데, 녹색이고 비린 향이 나는⋯."

"지워진 채소야."

"지워진 채소요?"

"나도 본 적은 없지만, 언니한테 듣기는 했어. 비린 향에, 아삭하고 시원한⋯. 이제는 존재 자체가 지워졌는데 왜 그렇게 된 건지, 어떻게 그게 가능했는지 아는 사람이 거의 없다더라.

그래서 소수의 사람들만 먹는다고 했어."

덩치들은 지워진 채소를 씹으며 저번처럼 코끼리 코 돌기를 했다. 내 친구들은 어리둥절해했다. 그럴 만하지! 나는 저 행동 이후에 무슨 일이 생기는지 경험해 봤기에, 박만세의 의도가 무엇인지도 알 수 있었다. 이대로 그냥 보내진 않겠다는 것. 나도 모르게 주먹에 힘이 들어갔다.

박만세는 손에 쥔 홍두깨를 이리저리 휘두르며 황홀한 표정을 지었다.

"이건, 진짜군…. 느낌이 와."

내 뒤에 있던 최지윤이 놀림조로 외쳤다.

"뭐? 무슨 느낌? ×됐다는 느낌?"

애들이 꺄르르 웃었다. 아무래도 날 믿고 까부는 눈치였다.

"니들이 뭘 알아!?"

박만세가 갑자기 소리를 버럭 질렀다.

"이건 힘이다. 진정한 힘! 나를 비웃던 놈들을 내 그림자로 완전히 덮어버릴, 힘."

그는 거인이 된 자신의 모습을 상상했는지 고개를 치켜들었다.

"모두가, 이제 나를 올려다봐야 할 거다."

외발로 선 박만세가 지워진 채소를 입에 가득 넣더니, 홍두깨를 머리 위로 높이 들어 올렸다. 그리고 변신하는 세일러문이나, 마법을 시전하는 해리 포터라도 되는 듯 외쳤다.

"여보 마이클 이마 보여!"

순간 정적이 흘렀다. 기세만 보면 땅이 갈라지면서 뭐든 나와야 할 것 같았는데, 아무 일도 벌어지지 않았다. 외발 자세로 힘겹게 균형을 잡던 박만세가 약간 비틀거렸을 뿐이었다.

찰칵.

최지윤이 그 순간 박만세의 사진을 찍었다. 웃기게 나왔는지 최지윤과 임소이는 자기들끼리 또 꺄르르 웃었다.

그때였다.

덩치들이 더 덩치가 되었다. 이미 본 적이 있는 장면이었다. 손대면 터질 듯한 근육은 여전히 징그러웠다.

그보다 놀라운 것은 박만세의 변화였다.

박만세의 몸 곳곳이 조금씩 요동쳤다. 처음엔 어깨가, 그다음엔 다리와 머리, 팔과 배가, 그러니까 몸의 모든 부위가 아래위로, 좌우로 액체괴물처럼 늘어났다 줄어들었다. 그리고 전체적인 몸집은 점점 커지고 있었다.

"으아…."

모두가 놀라서 뒷걸음질을 쳤다. 같은 편인 더 덩치들도 그랬다. 두 눈으로 보고도 믿기 어려운 광경이었다.

이윽고 요동이 잦아들고 몸의 각 부위가 서서히 자리를 잡았다. 박만세는 어느새 2미터를 훌쩍 넘는 거구가 되어 있었다. 그가 만족스러운 표정으로 자신의 몸을 더듬거렸다. 키높이구두에서 내려오는 바람에 키가 10센티미터 작아지긴 했지만, 그래도 충분히 만족스러워 보였다.

"성공, 성공이야!"

박만세가 재원 선배의 옆으로 가서는 선배를 내려다보았다.

"어, 어떻게 몸이…?"

픽! 박만세가 놀란 표정의 재원 선배를 괜히 밀어 넘어뜨렸다. 커진 키만큼 힘도 강해졌는지, 나름 축구로 다져진 재원 선배의 몸이 힘없이 바닥을 굴렀다.

"재원 선배!"

최지윤과 임소이가 선배에게 다가가려 했지만, 내가 손을 들어 만류했다. 함부로 접근했다간 박만세에게 붙잡혀 위험해질 수도 있었다. 쓰러진 재원 선배의 모습을 바라보며 박만세가 흡족하게 웃었다.

"이제 나도 어디 가서 꿀리지 않는… 컥!"

박만세가 갑자기 가슴을 움켜잡더니, 제자리에 무릎을 꿇고 앉았다.

"회장님! 괜찮으십니까?"

더 덩치들이 우르르 달려갔다. 그들이 박만세를 부축하는데 정신이 팔린 사이, 최지윤과 임소이에게 말했다.

"도망쳐. 먼저! 빨리!"

둘은 기다렸다는 듯이 뒤도 안 돌아보고 뛰었다.

나는 재빠르게 트렌치코트 안주머니에서 빼빼로를 꺼내 한 입 깨물었다.

빠방! 스피드 타입 방귀를 이용해 순식간에 재원 선배를 향해 다가갔지만, 더 덩치 하나가 재원 선배를 잡고 놔주지 않았다. 그리고 나를 향해 커다래진 주먹을 날렸다. 하지만 이번엔 순순히 당하지 않았다. 주먹이 내 어깨를 강타하려는 순간, 방귀로 방향을 틀었다. 그리고 가속과 감속을 반복하며 연속 공격에 맞섰다. 당황한 더 덩치가 몸을 날려 덤벼들었지만, 내 방귀 때문에 도리어 반동으로 멀찌감치 날아가 버렸다. 《방귀비법》에 나오는 기술이 통한 것이었다.

"휴우!"

안도의 한숨을 내쉬며 재원 선배를 안아 들려는데, 갑자기 머리 위로 커다란 그림자가 드리웠다. 재원 선배가 놀란 눈을 하고 중얼거렸다.

"저, 저게 뭐야?"

그건 박만세였다. 이번에는 한층 더 과격하게, 파도처럼 몸 전체가 출렁이며 커지는 중이었다. 키가 보통 사람의 세 배 정도에 이르렀는데도 계속 더 커졌다. 어느새 그의 발 하나가 문짝만 한 크기가 되었다. 입고 있는 하와이안셔츠의 단추 하나가 땅으로 떨어졌는데, 사과만 했다.

"끄으으어어!"

박만세의 외침이 거대한 우퍼스피커처럼 주변을 울렸다. 살아 움직이는 건물 아래에 서 있는 것 같았다. 위압감이 온몸을 압도했다. 박만세가 거인이 된 것이었다.

한편, 외진 공사장 건물 사이에서 무사히 볼일을 마치고 한결 편안해진 상태로 나오던 강별은, 전동 킥보드를 타고 두리번거리던 민지와 딱 마주쳐 버렸다.

강별이 외쳤다.

"과학실 마약 제조범이다!"

"마약 제조범?"

민지가 묻자마자 강별을 찾고 있던 최지윤과 임소이가 나타났다. 두 사람도 갑자기 등장한 민지를 보고 강별과 마찬가지로 놀랐다.

최지윤이 강별에게 물었다.

"어떻게 된 거야? 얘는 왜 여기…"

콰광! 멀리서 굉음이 들려와 네 사람이 동시에 고개를 돌렸다. 건물들 너머로 보이는 거인 박만세의 모습에 모두의 말문이 막혔다.

"저거, 혹시 아까 그 아저씨야?"

138

임소이가 눈을 비비며 물었다. 다급해진 민지는 상황을 확인했다.

"니들 저 사람이랑 같이 있었어? 홍은?"

"홍? 걔는 여기 없는데."

"아, 그럼 펌핑걸은?"

"아직 저쪽에 있어. 우리 먼저 도망치래서."

"아…."

민지가 잠시 말을 고르자, 임소이가 따지듯 물었다.

"넌? 여기서 뭐 하는데?"

"홍이… 자기가 올 때까지 펌핑걸을 좀 도와주라고 해서."

"홍이 온다고?"

민지가 대답 대신 고개를 끄덕거렸다. 최.강.임이 눈빛을 교환하더니 각자 한 마디씩 했다.

"그럼 우리도 도울래."

"맞아."

"뭘 하면 되는데?"

감동적인 우정이긴 했지만, 딱히 할 수 있는 일이 없을 거라고 말하려던 민지가 멈칫했다. 그리고 계단 아래로 떨어져 엉망이 된 방귀 팩을 내려다봤다. 어쩌면? 혹시?

민지가 물었다.

"너희들 혹시… 먹을 것 좀 있어?"

"먹을 거?"

최.강.임이 서로의 얼굴을 잠깐 마주 보더니, 각자의 가방을 뒤집어 깠다. 이런저런 과자와 젤리, 사탕 등이 우르르 쏟아져 나왔다. 최.강.임이 물었다.

"어떤 거?"

민지가 씨익 웃자 교정기가 반짝였다.

방귀 전사

거인이 된 박만세의 키는 5층짜리 건물 높이와 맞먹었다. 한 손에 든 홍두깨의 길이는 농구 골대만 했다. 방귀쟁이 며느리가 마주했다던 거인이 이 정도였을까 하는 생각이 들었다.

거인 박만세가 느닷없이 홍두깨를 휘둘렀다. 나는 재원 선배가 맞을까 봐 몸을 날렸다. 결국 홍두깨에 맞아 한참을 날아갔다. 땅에 떨어지려는 순간 방귀로 충격을 완화하지 않았다면 뼈가 몇 군데 부러졌을 수도 있었다.

박만세는 더 이상 스스로를 제어하지 못하는 듯했다. 나뿐만 아니라 자신의 부하인 더 덩치들을 향해서도 홍두깨를 마구 휘두르는 걸 보면.

"정신 차려!"

목청껏 소리쳐 봤지만 소용이 없었다. 박만세는 마치 홍두깨에게 지배당한 사람 같았다. 나는 재원 선배를 비교적 안전한 곳에 옮겨놓은 다음, 더 덩치들을 구하러 나섰다. 더 덩치들은 힘만 셌지 속도는 느려서, 더 센 거인의 홍두깨 공격에는 속수무책으로 나가떨어졌기 때문이었다. 방귀를 계속 쓰고 있자니 안주머니의 재료들이 급격히 줄어들었다. 남은 건 두 개뿐 이었다. 겨우 그걸 가지고 거인 박만세의 횡포를 어떻게 막아 야 할지 감도 오지 않았다.

"호… 아니! 펌핑걸!"

익숙한 목소리에 고개를 돌렸다.

"민지야!"

민지가 전동 킥보드를 타고 빠르게 다가왔다. 이렇게 반가 울 수가 없었다. 그런데 인사를 나눌 새도 없이 민지가 가방 안 에서 무언가를 잔뜩 쏟아냈다.

그건 종이 보따리들이었는데, 자세히 보니 문제집을 한 장 한 장 찢어 뭔가를 포장하고 머리 끈으로 묶어 급조한 것이었 다. 안에는 다양한 과자와 사탕, 초콜릿 등이 잘게 부서진 채로 섞여 있었다.

"이게 그 방귀 팩이야?"

"원본에는 문제가 좀 생겼어! 암튼 이것도 똑같애."

민지는 방귀 타입에 따라 서로 다른 색의 머리 끈을 사용했 다. 붉은색은 파워 타입, 파란색은 스피드 타입, 검은색은 진동 타입 방귀 팩이라는 표시였다. 종이 보따리를 트렌치코트 주머 니 곳곳에 급히 나누어 넣었다. 주머니가 묵직해지니 총알 보 급을 받은 군인처럼 든든했다. 민지에게 고맙다고 인사하려는 데 민지 뒤에서 최.강.임이 헥헥거리며 뛰어왔다.

142

"너네 왜 다시 왔어?!"

깜짝 놀라서 묻자, 최.강.임은 머쓱하고도 지친 표정으로 대답했다.

"헥헥. 홍이 여기로 온다고 해서요, 헥헥. 기다려야 할 것 같아요!"

"헉헉. 위험한 데에 홍을 혼자 둘 순 없잖아요!"

찐 감동이었다.

그때 민지가 내 목에 무언가를 꽉 묶었다. 요란한 무늬의 손수건이었다. 그러고 보니 민지도 자신의 목에 비슷한 손수건을 매고 있었다.

"이건 또 뭐야?"

"저번에 그 하와이안셔츠 있잖아. 그걸 내가 한번 연구해 봤는데…"

마저 듣고 싶었지만 눈앞의 문제가 더 급했다. 거인 박만세가 홍두깨를 휘두른 탓에 부서진 건물 일부가 우리 머리 위로 무너져 내리는 중이었다.

"흐읍!"

뿌우웅~! 급한 마음에 민지와 최.강.임을 방귀로 멀리 날려버렸다. 동시에 나 또한 방귀의 추진력으로 그 자리를 피했다. 쾅광! 우리가 피하자마자 건물 잔해들이 바닥에 꽂혔다. 모두 한바탕 바닥을 굴렀지만 피할 수 있어 다행이었다. 그런데 문제가 하나 생겼다.

"방금… 맞지?"

흙투성이가 된 임소이가 중얼거렸다.

아차 싶었다. 다급했던 나머지 숨기지 못했다. 그러니까 그게, 내가 방금 취한 자세가 누가 봐도 그 포즈였달까.

최.강.임이 동시에 외쳤다.

"방귀?!"

거인 박만세는 눈앞의 높은 건물들을 모조리 쓰러뜨리는 중이었다. 주위는 부서진 구조물과 콘크리트 더미들이 일으킨 흙먼지로 가득했다. 주변의 모든 건물이 무너져 박만세보다 큰 존재가 아무것도 남지 않게 된 뒤에야 난동이 멈췄다.

"끝난 건가?"

내가 혼잣말을 중얼거리자, 민지가 어딘가를 급히 가리키며 외쳤다.

"아니야. 저길 봐!"

박만세가 공사장 밖으로 움직이기 시작했다. 그의 시선이 향한 곳은 멀리 보이는 아파트 단지였다. 거인 박만세는 자신보다 큰 건 참을 수 없다는 듯이, 모두 부숴버릴 기세로 성큼성큼 걸음을 옮겼다.

민지와 눈을 마주쳤다. 어떻게든 박만세를 막아야 했다. 이

대로 가다간 대참사가 일어날 게 분명했다. 망설일 시간이 없었다. 뭐든 시도해 보는 수밖에.

일단 공중으로 날아올랐다. 거인 박만세는 도로에 진입하는 중이었다. 외진 곳이라 지나는 차는 한 대뿐이었지만, 그나마도 갑자기 나타난 거인에 놀랐는지 급히 되돌아갔다.

"스톱! 스톱!!"

나는 양팔로 엑스 자를 그리며 거인 박만세의 눈앞에서 알짱거렸다. 하지만 박만세를 멈춰 세우기엔 역부족이었다. 그는 파리 쫓듯 팔을 내저어 나를 간단히 뿌리쳤다.

마침 도로에 방치된 덤프트럭이 눈에 들어왔다. 일전에 버스를 들어 올렸을 때처럼 방귀의 추진력을 이용해 덤프트럭을 들고 높이 날아올랐다. 그리고 거인 박만세의 머리 위에서 덤프트럭을 떨어뜨렸다. 거인은 어깨를 맞았지만, 잠깐 주춤거렸을 뿐 별 타격을 입은 것 같진 않았다. 오히려 거인이 휘두른 팔에 얻어맞은 나는 부서진 건물 아래로 힘없이 굴러떨어졌다. 거인 박만세는 이내 다시금 아파트 단지를 향했다. 작은 산 하나만 넘으면 바로 다다를 수 있었다.

무력감이 마구 밀려왔다. 몸 이곳저곳이 상처투성이였다. 일어설 힘조차 남아 있지 않았다. 나는 히어로 같은 게 아니었다. 체력도 좋지 않았고, 환절기엔 비염을 달고 살았다. 조금 특별한 방귀를 뀐다는 것만으로 개미가 코끼리를 쓰러뜨릴 순 없는 노릇이었다.

문득 오래전 방귀쟁이 며느리는 어떻게 거인을 쓰러뜨렸는지 궁금해졌다. 홍두깨가 거인으로 변하는 데 쓰이는 중요한 물건이라는 사실을 어떻게 알게 되었을까?

"홍두깨, 어쩌면…."

혹시 거인이 홍두깨를 놓으면, 다시 원래대로 돌아가는 건 아닐까? 아니, 그럴 거라 믿고 해보는 수밖에 없었다.

종이 보따리를 찾아 주머니를 뒤졌다. 하지만 모두 찢겨나간 상태였다. 보따리 속에 있던 음식 부스러기가 주변에 아무렇게나 흩어져 있었다. 그거라도 주워보려고 몸을 일으키는데 무언가 이상했다. 시야가 확 트였다.

아뿔싸.

머리에 썼던 쇼핑백이 사라졌다. 발아래 깨진 유리 조각에 내 얼굴이 훤히 비쳐 보였다.

"홍?"

목소리가 들리는 곳을 향해 고개를 돌리니, 최.강.임에 재원 선배까지 내 얼굴을 빤히 쳐다보고 있었다.

"홍??"

"홍???"

들켰다. 들켜버렸다. 들키고야 말았다!

내가 펑펑걸이고, 펑펑걸이 나고, 방귀쟁이라는 게 들통났

146

으니, 지난번에 말했던 것처럼 나는 이제 모든 이들의 놀림감이 되어 방귀쟁이 할머니로 인생을 마치는….

콰아앙!

내 안에서 나는 소리인 줄 알았는데 아니었다. 거인 박만세가 도로에 주차되어 있던 차들을 우리에게 집어던졌고, 그 차들이 주변 건물과 바닥에 부딪혀 폭발을 일으킨 것이었다. 아까 덤프트럭에 얻어맞은 것에 대한 복수일까? 다음으로 우리를 향해 날아든 차는 불행히도 리무진이었다.

방귀로 해결하자니 방귀를 만들 재료가 없었다. 나는 방귀 빼면 시체였다. 이제 다 끝났다는 생각이 들었다. 친구들한테 뭐라고 변명도 못 하고 이대로 죽는구나 싶었다. 이 모든 생각이 잠깐 사이에 머릿속에서 흘러갔다. 주마등이라는 게 있다더니 바로 이거였다. 눈앞의 상황이 영화 속 슬로모션 장면처럼 느리게 보였다. 잠시 후 저 리무진이 땅에 떨어지면 즉시 폭발이 일어나 우리 모두 죽을 것이 자명했다.

그 순간, 내 눈앞에 복숭아 맛 사탕이 불쑥 나타났다.

재원 선배였다.

선배가 내민 건 내가 주머니에서 떨어뜨린 사탕이었다. 하필 한쪽 무릎을 꿇고 있어서 조금은 프러포즈하는 모양새로 보였다. 초등학생 시절 그 치욕의 순간이 이렇게 돌아오다니. 외할머니는 화투를 치다 자기가 싼 패를 자기가 먹을 때마다 인생이란 돌고 도는 물레방아 같은 거라고 했었는데, 과연 그렇구나 싶었다.

나도 모르게 팔을 뻗어 사탕을 잡았다. 이번엔 재원 선배의 손이 내 손에 닿았다.

입안에 달콤한 복숭아 향이 퍼졌다.

더 이상 지체할 시간은 없었다. 돌봐야 할 체면도, 돌아올 놀림도 더는 중요하지 않았다. 친구들을 위기에서 구해야 했다.

빠방!

날아드는 리무진을 향해 방귀를 뀌었다. 방향이 전환된 리무진이 공터에 떨어져 굴렀다. 폭발은 없었다.

느껴졌다. 내 볼이 터질 듯 붉어졌다는 것이. 그리고 모두가 나를 쳐다보고 있다는 것이. 차마 마주할 용기가 없어 눈앞에 보이는 건물 꼭대기까지 단숨에 솟아올랐다. 그런데 그때 친구들의 외침이 귓가에 들려왔다.

"홍! 화이팅! 조심해!"

최.강.임과 민지, 재원 선배까지 내 정체를 알면서도 나를 응원하고 있었다. 펌핑걸이 아니라, 볼 빨간 방귀쟁이인 나를.

숨을 크게 들이마셨다. 바람에 머리카락이 흩날렸다. 쇼핑백을 쓰고 있을 때는 느껴보지 못한 상쾌한 해방감이었다. 순간, 복부에 느낌이 왔다. 그 어느 때보다도 강력한 방귀가 뱃속에서 부글부글 끓었다.

방아일체(放我一體).

방귀와 내가 하나 된다는 경지.

짐작조차 하기 어려웠던 그 말의 의미를 이제는 몸소 느낄 수 있었다.

도로를 따라 걷던 거인 박만세는 어느새 유령 도시를 벗어 났다. 나는 복숭아 맛 사탕을 입안에서 굴리며 그를 향해 날아 갔다. 무엇이든 할 수 있을 것 같다는 기분이 온몸에 흘러넘쳐 주체하기 힘들었다.

내가 날아들자, 거인 박만세가 홍두깨를 휘둘러 댔다. 나는 방귀의 강약을 자유자재로 조절하면서 모든 공격을 피했다. 왱 왱거리지만 모습을 보이지 않는 모기처럼 박만세의 신경을 일 부러 긁으며 그가 흥분하기만을 기다렸다.

박만세의 동작이 커졌다. 지금이었다. 나는 박만세에게서 멀리 떨어져 숨을 한 번 골랐다.

와그작!

복숭아 맛 사탕을 깨물었다. 그러곤 뱃속의 힘을 모아 엄청 난 방귀를 연달아 뿜었다.

뿌빠빠빠빠!

나는 강속구처럼 박만세를 향해 빠르게 날아갔다. 박만세는 홈런을 노리는 타자처럼 손에 든 홍두깨를 크게 휘둘렀다. 엄청난 크기의 홍두깨가 정확히 나를 향해 다가왔다.

부웅!

헛스윙이었다. 균형을 잃은 박만세는 비틀거리며 나를 찾았지만 결국 발견하지 못했다. 내가 로데오 선수처럼 홍두깨에 단단히 매달려 있었기 때문이다. 나는 날아오르기 전 유령 도시에서 주운 쇠꼬챙이를 들고 신중하게 조준한 뒤, 홍두깨를 들고 있는 박만세의 오른손을 찔렀다.

"끄억!"

박만세가 신음 소리를 흘렸다. 그럼에도 여전히 홍두깨를 놓치지 않았다. 오히려 더 세게 움켜쥐는 것도 같았다.

'힘으로는 상대가 안 돼. 그럼 어떻게…!'

일순간 옥미 이모가 했던 말이 번뜩 떠올랐다.

"완벽한 방귀는 소리가 나지 않는다더군."

그랬다. 방귀가 가진 힘은 추진력뿐만이 아니었다. 그걸 잊고 있었다. 아니, 어쩌면 외면하고 있었다.

마지막 기회였다. 나는 홍두깨를 놓고 박만세의 팔을 타고 달려 어깨까지 단숨에 올라갔다. 박만세가 나를 발견했지만 이미 늦었다. 나는 그의 얼굴로 뛰어들었다.

정확히는, 코를 향해….

…….

완벽한 방귀는 소리가 나지 않았다.

대신 다른 게 심했다. 거인 박만세는 양손으로 코를 막으려다 홍두깨를 놓쳤다. 박만세의 몸은 순식간에 다시 작아져 본래의 키로 돌아왔다. 정신을 잃은 박만세가 힘없이 바닥에 쓰러졌다.

우리가 이겼다.

한동안 정적이 흘렀다.

내가 홍두깨를 챙겨 가방에 넣는 동안, 전동 킥보드를 타고 온 민지가 박만세의 양손을 꽁꽁 묶었다. 뒤이어 달려온 최.강.임과 재원 선배가 나를 둘러쌌다.

"그러니까 펌핑걸이 홍이고, 홍이 펌핑걸?"

거인이고 뭐고 최.강.임의 관심사는 바로 나였다. 나는 이내 고개를 끄덕이며 대답했다.

"응."

"어쩐지!"

강별이 민지를 가리키며 물었다.

"그럼 얘는 니 조수인 거야? 마약 제조범이 아니라?"

"조수? 마약 제조범?"

내가 어리둥절해하자, 최지윤이 예전에 과학실에서 몰래 찍었던 사진을 보여주었다. 내가 과자 원재료 가루를 먹는 사진이었다.

민지가 나서서 대답했다.

"나는 홍의 능력을 탐구하는 연구자야. 이 업적으로 어쩌면 노벨상을…"

민지가 말을 채 끝맺기도 전에 최.강.임이 나를 둘러싸고 껴안았다. 마침 내 곁에 서 있던 민지까지 함께 안겨버렸다. 서로를 바라보던 우리의 얼굴에 미소가 떠올랐다.

자칭 최.강.임.다의 리더, 최지윤이 감격에 차서 말했다.

"이제 우리는 넷이 아니라 다섯이야! 최.강.임.다… 그리고 민지, 넌 성이 뭐야?"

민지가 그런 건 왜 묻냐는 듯 잠깐 망설이다 대답했다.

"용."

"용민지?"

용씨였어? 애들이 중얼거렸다.

"최.강.임.다.용? 최.강.용.임.다?"

애들이 명명에 정신이 팔린 와중에, 재원 선배가 슬쩍 나를 불렀다.

"저… 펌핑… 아니, 홍."

재원 선배는 조심스럽게 말을 골랐다.

"그러니까… 갑작스럽긴 한데, 그게…"

"예?"

재원 선배는 내가 지금껏 한 번도 본 적 없는 표정을 지었다. 아니, 드라마 같은 데서는 본 적이 있었다.

"혹시 시간이 되면… 나랑 다음에 같이…"

"예? 예?"

제발 누가 선배를 좀 말려줬으면 했다. 내 볼이 또 붉어지고 있는 게 느껴졌다. 방귀 때문은 아니었다.

"같이 바, 밥이라도…."

삐용! 삐용!

때마침 들려온 요란한 사이렌 소리에 대화가 묻혀버렸다. 경찰차와 구급차들이 잔뜩 도착한 것이었다. 늘 그렇듯 상황이 종결된 뒤의 등장이었지만, 모두 무사하니 다행이었다.

경찰들은 정신을 잃은 박만세와 덩치들을 모조리 연행했다. 나중에 듣자 하니 서열 싸움에서 밀린 하와이 조폭이 도피 자금 마련을 위해 천재 고등학생들을 납치해서 카지노를 털려 한 다는, 말도 안 되는 신고가 여러 건 들어왔다고 했다.

"얘들아, 어디 다친 덴 없니?"

구급대원이 물었다.

"저희는 괜찮은데요. 펌핑걸이… 어??"

최.강.임과 재원 선배가 주위를 둘러보았다. 나와 민지는 이미 그곳을 빠져나간 후였다.

끝과 시작

최.강.임, 그리고 재원 선배는 '문제의 그날'에 일어난 일을 거의 기억하지 못했다.

사건 현장을 정리한 경찰들이 이곳에서 무슨 일이 벌어졌 냐고 물었지만, 떠올리려고 노력하면 할수록 하와이안셔츠의 모습만 선명해질 뿐이었다.

"펌핑걸은 있었던 것 같은데…."

"그리고 홍이…."

"홍이 있었어?"

"아니. 펌핑걸이, 홍에 대해 뭐라고 했었는데?"

"친하다고?"

"맞다. 둘이 친하다고!"

애들은 박만세 일행만이 아니라 나와 민지가 함께 있었다 는 사실도 기억하지 못했다. 그건, 놀랍게도 민지가 매주었던 화려한 손수건 덕분이었다.

내가 우리 집에서 박만세 일행을 마주치고도 하와이안셔츠 만을 기억했던 것을 의아하게 생각한 민지는, 나에게 받은 하와이안셔츠 조각을 면밀히 연구하고 분석했다. 그 결과 이 셔츠에, 입은 사람을 다른 사람의 기억에서 지워주는 기능이 있다는 것을 알게 됐다. 원리는 미스터리였지만, 원리를 이용할 수는 있었다. 확보한 옷감이 크지 않았기에 손수건을 두 개 만들어 하나는 자신이 매고 하나는 내게 준 것이었는데, 기가 막히게 통했다.

하와이안셔츠 효과에 당한 건 다른 사람들도 마찬가지였다. 외진 지역에 나타났음에도 워낙 거대했기 때문에 거인을 보았다는 제보가 많았다. 하지만 정작 목격자들에게 자세히 물어보면 하와이안셔츠만 떠올릴 뿐, 거인의 디테일한 생김새나 행동을 기억하는 사람은 없었다. 제보자들이 찍은 사진과 영상들에도 박만세 일당의 모습은 기록되지 않았다. '단체로 신기루 같은 걸 보았다.' 뭐 공식적인 경찰 조사 결과는 그랬다. 몇 년 뒤엔 〈꼬.꼬.무〉에서도 다뤘다.

학교는 또 한 번 펌핑걸과 하와이 조폭의 이야기로 떠들썩해졌다. 친구들은 물론이고 수업 때 들어오는 선생님마다 하와이 조폭에 대한 추측성 멘트를 던지니, 분위기는 쉬이 가라앉지 않았다.

당시 현장에 있었던 최.강.임과 재원 선배에게 다시금 전교생의 이목이 집중되었다. 특히 재원 선배와 펌핑걸에 관한 소

문은 왜곡에 왜곡이 더해져 부풀었다. 재원 선배가 졸업 후에
펌핑걸과 결혼을 할 거라는 둥, 들러리로는 최.강.임이 확정이
라는 둥, 너무 말도 안 되는 소리들 뿐이라서 듣고 있기도 어려
웠다.

최.강.임이 그날 겪은 신기한 경험에 대해서 내게 주절거릴
때마다 나는,

"아~ 그랬어?"

"정말? 으응."

하고 좀 적당히 떠들라는 의사 표시를 했다. 하지만 얘들은
적당히를 몰랐다.

"홍, 펌핑걸 언니한테 나중에 한번 우리랑 같이 만나자고 얘
기해 봐."

"시간 되면. 요즘 바쁘대."

"뭐 하느라?"

매일 방과 후 외할머니를 데리고 재활 센터에 다녔다. 연세
에 비해 빨리 좋아지는 편이라고 했다. 내 추측일 뿐이지만, 외
할머니도 자신만의 방귀 능력을 눈에 띄지 않게 조금씩 사용하
는 중인 것 같았다.

여느 때처럼 재활 센터에 들렀다가 외할머니와 함께 집에
돌아오니, 익숙한 냄새가 현관 밖까지 풍겨 나왔다.

"벌써 왔나 보다!"

옥미 이모였다. 20여 년 만에 외할머니와 화해한 옥미 이모
는 식당이 쉬는 날마다 우리 집에 찾아와서 백숙을 만들어주곤
했다.

"안녕하세요."

그런 날엔 늘 민지도 놀러 왔다. 민지는 우리 외할머니와 이
모라는 또 다른 방귀 능력자의 샘플 데이터를 얻기 위해 오는
것이라고 했지만, 매번 백숙 국물에 밥까지 말아 먹는 모습을
보면 100퍼 백숙 때문에 왔다는 걸 알 수 있었다. 우리는 모일
때마다 늦은 시간까지 함께 화투를 쳤다. 민지가 의외로 타짜
였다. 사람 수가 넷이라서 내가 광을 팔았다.

나는 방귀 전사가 되었다. 오피셜하게 말이다. 증표로 받은
홍두깨는 외할머니가 다시 어디엔가에 숨겨두었다. 워낙 꼭꼭
감춰놓아서 이 글을 쓰는 작가도 어디에 숨겼는지 모른다고 했
다. 방귀 전사가 되었다고 해서 일상이 크게 바뀌지는 않았다.
남 앞에서 방귀를 뀌는 일은 여전히 쑥스러웠다. 하지만 확실
히 달라진 점이라면, 이젠 그냥 쑥스럽고 만다는 것이었다. 볼
의 색도 조금 옅어졌다. 물론 펌핑걸 활동은 계속했다. 다만 할
머니와 약속했다. 학교 생활과 관련한 일에는 능력을 쓰지 않
기로.

새로운 방귀 전사가 탄생하면서, 전대 방귀 전사였던 엄마는 자연스럽게 은퇴 처리되었다.

어느 날 밤 꿈에 엄마가 나왔다.

여전히 멋진 선글라스를 쓴 엄마가 내게 말했다.

"하고 싶은 대로 해."

"으악!"

늦잠을 잤다.

이번엔 진짜 내 책임이 아니었다. 외할머니가 깨워주기로 해놓고 깜빡했기 때문이었다. 창밖에 하얗게 쌓인 눈을 보느라 그랬다고 한다.

현관에서 신발을 신는데 외할머니가 내 어깨를 툭툭 치더니, 오른손으로 왼팔을 쓸어내리고 오른손 검지를 위에서 아래로 내렸다. 매일 같은 내용이었다.

'잘 다녀와라.'

나도 매일 같은 손짓.

손가락 하트였다.

헐레벌떡 나왔는데 또 버스를 놓쳤다. 학교 교문은 닫혀 있었고, 그 너머로 고개 숙인 지각생들이 보였다. 어쩔 수 없이 담을 넘어야 했다. 저번처럼 뛰어넘지는 않았다. 외할머니와 약속을 했으니까.

담벼락 아래 버려진 가구들 위로 끙끙대며 올라가, 담장 위쪽을 향해 손을 뻗는데! 발아래 있던 가구가 부서지며 무너져 내렸다.

"으악!"

팔을 휘저으며 뭐라도 붙잡으려 했지만 소용없었다.

이렇게 죽는구나. 담을 넘다가!

너무 오래 떨어진다 싶었는데, 정신을 차려보니 내 몸이 허공에 떠 있었다. 방귀 능력을 쓴 건 아니었다.

"어, 어?"

내 의지와 상관없이 몸이 제멋대로 움직였다. 천천히 담을 넘어 학교 안에 안전하게 착지한 뒤에야, 정체 모를 힘에서 겨우 벗어날 수 있었다. 어리둥절해하고 있는데 누군가 건물 그늘 안쪽에서 나와 모습을 드러냈다.

손에 고무장갑을 낀, 혁이었다.

"이제 쌤쌤이네."

"어떻게…?"

혁의 주변에 쓰러진 일진 선배들이 보였다. 그냥 쓰러진 게 아니라 심하게 얻어맞은 듯, 엉망이 되어 기절한 상태였다.

"네 덕분이야, 펌펑걸."

"뭐?"

"나도 더 이상은 참지 않기로 했거든."

그 순간 깨달았다.

이 이야기는 이제부터 시작이라는 걸.

★

학교 담벼락 안쪽이 내려다보이는 건너편 아파트 옥상에 두 사람이 있었다. 그들은 쌍안경을 통해 아래쪽의 상황을 훤히 들여다보는 중이었다.

한겨울임에도 연신 땀을 흘리고 있는 커다란 덩치의 중년 남성이 쌍안경을 든 채로 말했다.

"이거 아무래도 그거인 거 같은데요."

난간에 기대어 선 중학생쯤 돼 보이는 여자아이가, 무전기처럼 생긴 옛 핸드폰을 만지작대며 시큰둥하게 대답했다.

"그래 보이지. 저거보다는 이거에 가까우니까. 그래도 아직 그거는 아니야."

"그렇다는 건… 이제 우리가 나설 때가 된 걸까요?"

여자아이가 옥상을 떠나며 말했다.

"아마도, 다음에."

명색이 식품 회사인데 비바식품의 구내식당 메뉴는 어쩐지 퀼리티가 좋지 않았다. 소문으로는 아버지에게서 직위를 물려받은 젊은 회장이 엉뚱한 사업에 돈을 마구 써서 그렇다는데, 암튼 정확한 이유를 알 길은 없었다.

회사 인근 식당에서 점심식사를 마치고 나온 덩치2가, 자판기에서 밀크커피 두 잔을 뽑아 들고 근처의 벤치로 향했다. 벤치에 먼저 앉아 있던 덩치1이 한 잔을 건네받았다. 그리 크지 않은 벤치를 덩치 둘이 가득 채웠다. 손에 든 종이컵이 소주잔 만하게 보였다.

덩치1이 커피에 입을 가져다 댔다.

"아, 뜨거."

"뜨겁습니다."

"빨리도 말한다."

"죄송합니다."

평범한 오후의 거리였다. 강아지를 산책시키는 사람들과 하교 중인 학생들, 비둘기들이 그들 앞을 오갔다. 덩치1과 2는 이 정겨운 풍경에 어설프게 합성해 놓은 것처럼 눈에 띄었다. 커다란 덩치 때문만은 아니었다. 덩치1은 커다란 야자수가 그려진 샛노란 하와이안셔츠를, 덩치2는 파인

애플이 그려진 핑크색 하와이안셔츠를 입고 있었기 때문이었다. 색상이며 무늬가 요란하기 그지없었다.

지나는 사람들이 곁눈질을 하거나 산책하던 강아지가 둘을 보고 낑낑대는 것까지는 괜찮았지만, 날아가던 비둘기까지 둘을 보고 깜짝 놀라 방향을 바꾸자 덩치2는 더 이상 참을 수 없다는 듯 덩치1에게 물었다.

"그런데요, 선배님. 이 하와이안셔츠는 대체 왜 입는 겁니까?

"왜냐니?"

"안 궁금하세요?"

"응."

"아… 저는 혹시 아시는 게 있으신가 해서."

"……."

대답 없이 커피를 호호 불어 식히던 덩치1이 말했다.

"군인은 뭐 입냐?"

"군복 입습니다."

"007 요원은?"

"정장? 슈트 같은 거 입습니다."

"마법사들은?"

"마법사요?"

"응. 〈해리 포터〉 안 봤어? 〈반지의 제왕〉이나."

"뭐더라, 그 긴, 거적때기 같은 거 입습니다."

"로브. 상식이잖아."

"상식이요?"

"우리는 뭐 입어?"

"하와이안셔츠를, 입습니다."

"그래."

"……."

하나 마나 한 질문과 대답이었다. 고개를 갸웃거리던 덩치2가 물었다.

"혹시 그럼 집에 있는 하와이안셔츠 입어도 됩니까? 옛 날에 엄마가 하와이 가서 사준 게 그대로 있거든요."

덩치1이 여전히 김이 폴폴 나는 커피를 마시려다 말고 덩치2에게 되물었다.

"너, 뭐 하다 왔다 그랬지?"

"상비군이었습니다. 유도."

"어? 내 친구도 상비군 했었는데. 김진태라고."

"아, 모르겠습니다. 죄송합니다."

"죄송은 무슨. 너 우리 회사가 뭐 하는 데인지는 아냐?"

"식품 회사 아닙니까?"

"이거 계약서 제대로 안 읽어봤구만. 식품 회사에서 나 나 너 같은 덩치를 왜 뽑겠냐?"

"저희는 경호원, 같은 거라고 들었습니다."

"잘 들어."

"예."

"그냥 입어. 묻지 말고."

"… 예."

"그리고 혹시나 싶어서 하는 말인데, 홍학이나 바나나가 그려진 하와이안셔츠 입은 사람들을 만나면 무조건 도망쳐. 왜인지는 묻지 말고."

"왜 그래야 됩니까? 하와이안셔츠는 저희 회사 사람들만 입는 게 아닙니까?"

"묻지 말라니까 그러네."

덩치1이 다시 커피에 입을 가져다 댔다.

"아, 뜨거."

"아직도 뜨겁습니다."

"빨리도 말한다."

"죄송합니다."

깜빡이는 쌍둥이 엄마

슬기의 어릴 적 꿈은 세계 정복이었다. 하지만 자라면서 생각해 보니 나중에는 어차피 엄마가 될 텐데, 세계를 정복해 봤자 무슨 소용인가 싶었다. 꿈이 점점 작아져 이윽고 정시 퇴근을 꿈으로 삼게 되었을 무렵, 슬기는 쌍둥이를 임신했다. 그런데 문제가 있었다. 완벽한 엄마가 되는 것이 세계 정복보다 훨씬 어렵다는 점이었다.

쌍둥이가 태어난 그 순간부터 슬기는 모든 것을 내던지고 육아에 전념했다. 넘치는 사랑과 체계적인 지식으로 두 아이를 직접 키우는 완벽한 엄마가 되기 위해 휴직 중이던 직장을 과감히 때려치웠다. 24시간 중에 24시간, 눈을 뜨고 있을 때도 감고 있을 때도, 슬기의 정신은 오로지 아이들을 향했다. 그런데도 늘 불안했다. 다른 엄마들이 모두 하는 일을 혼자 안 할 순 없었다.

'100일 전 시각 발달 놀이 다섯 가지! 뒤처지지 마세요.'

'생후 4개월 전에 안 하면 평생 후회할 뇌 발달 자극법!'

'8개월 아기 필수 습관! 이거 안 하면 언어 지연이 온다고?'

'점퍼루와 쏘서, 다치지 않으려면 무조건 이 브랜드로!'

아기 개월 수에 맞추어 가지고 있어야 하는 물건들, 먹여야 하는 음식들, 해야만 하는 일들을 맘 카페를 들락거리며 모두 체크했다. 날마다 기저귀를 헤집어가며 똥 색깔이 녹색인지 붉은색인지, 농도나 냄새는 어떤지 성실하게 확인했다.

아이들과 보내는 모든 순간이 보물처럼 소중해야만 했다.

엄마니까. 슬기는 그렇게 생각했다.

뱃속의 아이가 쌍둥이라는 걸 처음 알게 되었을 때 남편이 말했었다.

"이왕 키우는 거 한 번에 하면 좋지."

그때로 돌아갈 수만 있다면 최소한 남편의 멱살이라도 잡았을 것이다.

육아는 마치 서커스 같았다. 분유 체크, 젖병 설거지, 식기 소독과 건조, 이유식 제조와 소분. 쌍둥이를 씻기고 달래고 먹이고 설거지하고 돌아서면 또 먹이고 놀아주거나 재우기를 아슬아슬한 저글링을 하듯 반복해야 했기 때문이다. 아이가 쌍둥이인 만큼 실제로는 그 모든 일에 2를 곱한 만큼의 일을 했다. 아침 일찍 출근해 저녁 늦게 들어오는 남편이 육아에 거의 동참하지 못했으니, 2를 다시 한번 곱해야 계산이 맞았다.

가장 힘들었던 것은 잠 문제였다. 쌍둥이는 수시로 자다 깨

서는 울고 칭얼거렸다. '뒤집기 지옥'* 이라 불리는 시기엔, 밤새
번갈아 몸을 뒤집어 대는 쌍둥이 때문에 잠을 못 자 미치기 직
전까지 갔었다. 통잠을 자는 날이 줄어들수록 감기와 비염, 두
통을 달고 지내는 기간이 길어졌다. 간혹 자유 시간이 생기면
멍하니 시간을 흘려보냈다. 육아 외의 일에는 작동되지 않는
기계처럼 정신머리의 전원이 꺼져버렸기 때문이었다.

그래서였을까? 어느 날부터 슬기는 깜빡거림을 느꼈다.

깜빡깜빡.

처음엔 거실 형광등 수명이 다 됐다고 생각했다. 남편에게
갈아달라 했지만, 일주일째 상태가 그대로였다. 참다 참다 남편
에게 전화해 어떻게 된 거냐고 묻자, 지난주에 갈았다는 의기
양양한 대답이 돌아왔다.

하지만 여전히 깜빡이는데?

슬기는 포대기로 쌍둥이를 업고 안은 채, 깜빡거리는 형광
등을 올려다보았다. 그러다 알게 되었다.

깜빡거리는 건 형광등이 아니란 걸.

---

* 아기가 뒤집기를 익혔지만 돌아눕는 법을 몰라 밤마다 우는 까닭에, 부모
가 아기의 자세를 고쳐주느라 잠을 못 자게 되는 고난의 시기.

"제가 깜빡거리는 것 같아요."

상담 치료를 받기 시작한 지 한 달째 되던 날, 슬기는 그간 숨기고 있던 진짜 고민을 터놓았다. 이곳은, 그러니까 정신과병원이었다.

고양희한해용정신건강의학과의원.

어떻게 끊어 읽어야 할지 곤란할 만큼 긴 이름이었다. 무슨 뜻일까? 처음엔 '고양'시에 있는 '희한한' 정신과를 유머러스하면서도 나름 전복적으로 '희한해용~'이라고 써본 이름이겠거니 생각했지만, 알고 보니 '고양희' 원장과 '한해용' 원장이 함께 운영하는 평범한 정신과일 뿐이었다.

하지만 아무리 그래도 사람 이름이 고양희라니 너무 이상하다고, '다'씨 성을 가진 슬기는 사돈 남 말을 중얼거렸다.

무테안경을 쓰고 빨간 립스틱을 야무지게 바른 고양희 원장은 슬기의 갑작스러운 깜빡임 고백을 듣고는 상담 일지에 날짜를 적으며 태연히 대답했다.

172

"출산 후에 뭔가를 깜빡하는 증상은 비교적 흔해요. 기억력은 호르몬 변화나 수면 부족에 영향을…"

"아니요. 그런 깜빡이 아니라요. 제가, 제 몸이 깜빡거리는 거 같아요. 그 있죠 왜, 망가진 형광등처럼요."

원장이 상담실 천장의 등을 가리키며 물었다.

"형광등처럼 깜빡거린다고요? 다슬기 씨 자신이?"

"네."

원장은 잠깐 멈칫하는 것 같더니, 상담 일지에 무언가를 적기 시작했다.

"그렇군요……. 언제부터 그러셨죠?"

"사실은 여기 다니기 전부터 그랬어요. 처음엔 형광등이 망가졌는 줄 알았는데, 가만 보니 제가 깜빡거려서 그렇게 보이는 거더라고요."

"그럼, 왜 지금까지 말씀을 안 하셨어요?"

"그게… 미친 사람처럼 보일까 봐요."

"혹시… 말씀하시지 못한 문제가 또 있으신가요?"

"꺄빠!"

상담석 옆, 2인용 유아차에 나란히 앉은 8개월 쌍둥이가 그림책 하나를 두고 힘겨루기 중이었다. 이따금 슬기와 원장의 대화가 끊어지게 되는 이유였다. 쌍둥이를 데리고 하는 외출이 쉽지 않았음에도 불구하고 슬기는 한 달에 두 번, 15분 동안 이루어지는 이 짧은 정신과 상담을 빼먹지 않았다. 말이 통하는 성인 사람과 대화를 나눌 수 있는 것만으로도 충분히 만족스러웠지만, 특히 일방적인 분석 대상으로서 누군가에게 필기되는 경험이 좋았다. 육아에 대한 시시콜콜한 이야기를 쉼 없이 떠들어대도, 원장은 기록 로봇처럼 묵묵히 상담 일지를 썼다. 심지어 지금처럼 사람이 깜빡거린다는 믿기 힘든 이야기를 해도 마찬가지였다.

슬기는 이왕 이렇게 된 거 아예 다 털어놓기로 마음먹었다.

"이런 말을 해도 될지 모르겠는데요."

"말씀하세요."

"처음엔 피곤해서 헛걸 보는구나 하고 말았는데요. 제가 깜빡거리기 시작한 이후로, 주변에도 이상한 일이 생겨났어요."

"이상한 일이라면 어떤?"

"전기밥솥이요."

"전기밥솥?"

"네. 그게 말을 하잖아요. 백미 버튼을 누르면 '백미', 뭐 이렇게요."

"그렇죠."

"한번은 잡곡 쾌속 버튼을 눌렀는데, 얘가 엉뚱한 소리를 하더라고요."

"뭐라고 했는데요?"

"군자탄탕탕 소인장척척."

슬기가 핸드폰에 띄운 검색 결과를 원장에게 보여주었다.

"군자는 마음이 넓고 느긋하나, 소인은 마음이 좁아 늘 조마조마하다.'《논어》의 구절이래요."

슬기의 얼굴에 걱정이 가득했다.

"제가 소인이라는 뜻일까요? 어떻게 알았죠?"

"전기밥솥이요?"

"분명히 들었다니까요. 저는《논어》의 '논' 자도 몰라요."

고양희 원장의 필기 속도가 평소에 비해 빨랐다. 그만큼 적을 게 많다는 뜻이겠지. 이후로 몇 가지 한탄과 남편 욕을 이어 갔는데 원장은 침묵을 지킨 채 적고 또 적기만 했다. 가끔은 도대체 뭐라고 쓰는 것일까 궁금하기도 했지만, 보지 않는 편이 더 나을 것 같았다.

상담이 끝나갈 때쯤, 고양희 원장이 상담 일지에 무언가를 휘갈겨 쓰더니 이렇게 말했다.

"스트레스로 인한 이상 증상 같네요. 약을 처방해 드릴 테니까, 꾸준히 드셔보세요."

그리고 한 마디를 덧붙였다.

"방법을 찾아보죠."

잡곡 쾌속

"잡곡 쾌속, 취사를 시작합니다."

전기밥솥의 음성 안내가 들렸다. 이번에는 정상적인 멘트라 다행이었다.

늦은 점심 후 겨우 잠든 쌍둥이를 아이방에 눕힌 뒤였다. 아이들이 잠들면 잠깐 눈을 붙일까도 생각했지만, 밀린 설거지와 개야 할 옷가지를 그대로 둘 수는 없었다. 게다가 내일 놀이에 사용할 감각 발달 카드를 미리 색깔별·주제별로 분류해야 했고, 예방접종 일정에 맞춰 영양제 주문도 해야 했다.

어질러진 거실에 멍하니 앉아 옷을 개다가, 슬기는 자신이 점심을 먹지 않았다는 사실을 깨달았다. 그래서 손으로는 빨래를 접으면서, 입으로는 김으로 싼 찬밥을 먹고, 눈으로는 맘 카페에 새로 업데이트된 열일곱 가지 육아용품 살균법에 대한 글을 마저 읽게 되었는데, 화면 한 귀퉁이에 알림 표시가 떴다. 일전에 슬기가 썼던 게시 글에 댓글이 달렸다는 뜻이었다.

제목: 전기밥솥이 이상한 말을 해요.

댓글에는 다음과 같이 쓰여 있었다.

너무 걱정하지 마세요! 저희 큰언니도 쌍둥이 엄마인데, 정신과 약을 먹기 전에는 김치냉장고한테 자꾸 말을 걸더니… 이혼하고 싹 나았어요!

그런가. 실제로 정신과 약을 먹기 시작한 이후로는 별다른 증상이 나타나지 않았다. 슬기는 정신과 약을 입에 털어 넣으며, 어쩌면 그 이상한 일들은 정말 육아 스트레스 때문에 일어났을지도 모르겠다고 생각했다.

그 게시 글을 지우려는데, 쌍둥이 육아를 만만히 보지 말라는 경고인 양 방 안에서 돌고래 비명이 들려왔다.

"꺄아아!"

목청이 좋은 걸 보니 쌍둥이 1호였다. 1호는 목소리가 어찌나 큰지, 최대 수치가 10인 볼륨 노브를 11까지 올리면 날 법한 괴성을 질렀다. 때때로 슬기의 귀청이 떨어져 나가는 이유였다. 게다가 1호는 예민한 성격이었다. 작은 변화에도 잠에서 깨거나 기분이 오락가락했다.

"지 아빠를 닮았어."

177

속으로만 하려던 말이 입 밖으로 튀어나왔다. 육아를 시작한 뒤부터 종종 그랬다. 1호를 조심히 안고 달래 다시 재웠더니, 이번엔 2호가 깨버렸다. 2호는 질투가 많았다. 1호가 하는 건 자신도 해야만 직성이 풀리는 고집스러운 성격이었다.

"지 아빠를 닮았어."

슬기가 또 중얼거렸다.

2호를 달래서 재우려 하니, 이번엔 또 누워 있던 1호가 두 눈을 번쩍 뜨고 "잠든 줄 알았지?"라는 표정으로 기어다녔다. 늘 이런 식이었다. 하나가 잠들면 하나가 깨고, 하나를 재우면 또 하나가 깨고. 안 되겠다 싶어 1호를 포대기로 싸서 업고, 2호는 가슴팍에 안은 채 거실로 나왔다. 조용히, 그리고 조심히 거실을 돌아다니며 둘을 한꺼번에 재우는 전략을 시도했다. 얼마나 지났을까. 허리의 통증이 찌릿하게 느껴질 무렵, 등과 가슴에서 뒤척이던 쌍둥이가 서서히 꿈나라의 문턱을 넘었다.

안도의 한숨을 쉬던 슬기의 눈앞에 낯선 사람이 보였다. 부르튼 입술 주변에 일어난 새하얀 각질, 볼까지 내려온 다크서클. 도망친 노비를 찾아 전국 방방곡곡을 헤맨 추노꾼 같은 행색의 그 사람은 잔뜩 늘어난 잠옷 차림으로 쌍둥이를 업고 안고 있었다.

그러니까 그 사람은, 거울 속 슬기였다.

본래부터 '한때는 나도 잘나갔었지'라고 생각할 정도의 화려한 외모는 아니긴 했지만, 그래도 이건 너무하다 싶었다. 가뜩이나 출산 후 탈모로 숱이 줄었는데, 그나마 남은 머리카락에는 언제 묻었는지 모를 이유식이 딱딱하게 굳은 채로 매달려 있었다.

"씨발."

헉, 속으로 생각만 한다는 게 또 자기도 모르게 입 밖으로 냈다. 아이들 앞에서 욕을 하다니, 양파도 이쁜 말 들으면 더 잘 자란다던데. 나쁜 말로 아이들에게 안 좋은 영향을 끼칠까 봐 겁이 났다.

그때였다. 거울 속 슬기가 또다시 깜빡거렸다.

깜빡깜빡.

육아 스트레스, 그래! 이건 육아 스트레스와 우울증으로 인한 현상이다. 슬기는 생각했다. 잠시 눈을 감고 심호흡을 했다. 어쩌면 아직 의학계에 알려지지 않은 환각이나 착시 증상일 수도 있었다. 좀 전에 약을 먹었으니 곧 약효가 나타날 것이다. 그렇게 스스로를 안심시키자 기분이 약간 나아졌다. 슬기는 살짝 눈을 떴다. 거울 속 추노꾼이 아까보다 더 빠르게 깜빡이고 있었다.

진짜였다. 믿을 수 없는 광경이었다. 증거를 남겨야겠다는 생각에 식탁 위에 있던 핸드폰을 집어 들었다. 그 순간 놀라운 일이 벌어졌다. 별안간 투명해진 슬기의 오른손이 그대로 핸드폰을 뚫고 들어가더니, 다시 불투명해지면서 오른손에 핸드폰이 박혀버린 것이었다.

"꺄아아!"

슬기가 돌고래 비명을 질렀다.

잠들었던 쌍둥이가 깨어 슬기의 등 뒤와 품 안에서 "뿌애앵!" 하고 울음을 터뜨렸다. 동시에 손에 박혀 있던 핸드폰이 바닥으로 떨어졌다.

기다렸다는 듯이 전기밥솥의 음성 안내가 들려왔다.

"군자탄탕탕 소인장척척."

슬기는 확신했다.

젠장! 난 미친 것도, 스트레스성 착각을 하는 것도 아니다.

사라진 남편

"빠빠!"

거실의 아기 울타리 안에서 쌍둥이가 외쳤다. 퇴근 후 집에 돌아온 남편을 반기는 것이었다. 남편이 1호와 2호를 번갈아 가며 들어 올렸다.

"엄마 말 잘 듣고 있었어? 우리 1호, 2호?"

슬기는 매일 저녁 이루어지는 남편과 아이들의 감격적 재회를 잠시 우두커니 바라봤다. 슬기 곁에서 하루 종일 갓 잡힌 물고기처럼 날뛰던 쌍둥이는, 퇴근한 남편의 품에서는 금세 아기 천사들처럼 얌전해지곤 했다. 남편이 '이렇게 얌전한 애들이 없다'라며 주변 사람들에게 자랑할 때면, 그럴 리 없다는 걸 알면서도 '쌍둥이가 일부러 나를 엿 먹이려는 건 아닐까' 하는 생각이 스쳐 지나가곤 했다. 하지만 지금 슬기에게 중요한 건 그런 게 아니었다.

슬기가 소파를 가리키며 남편에게 말했다.

"앉아봐. 얼른."

"왜?"

"빨리. 애들 내려놓고. 빨리."

"왜, 뭐. 무슨 일인데, 또?"

슬기의 성화를 이기지 못한 남편이 소파에 앉았다. 슬기는 쌍둥이를 업고 안은 채, 흥분한 목소리로, 핸드폰이 손에 끼었었다는 둥, 전기밥솥이 나보고 소심하다고 했다는 둥 떠들기 시작했다.

남편 생각엔 그랬다. 슬기는 육아를 시작한 이후로 확실히 좀 이상해졌다. 남편은 회식도 마다하고 퇴근하자마자 꼬박꼬박 집에 돌아와서 슬기가 시키는 일은 뭐든 했다. 분유 좀 데워 달라면 데워서 주고, 청소기 좀 돌리라면 돌리고, 기저귀 좀 갈라고 하면 갈았다. 하라는 대로 다 했는데, 어느 날 갑자기 왜 하라는 대로만 하냐며 슬기가 버럭 화를 냈다.

"당신 눈엔 이게 안 보여? 혼자서는 생각을 못 해?"

남편은 그러는 슬기를 이해할 수가 없었다. 게다가, 심지어, 아이들이 더 이상 가지고 놀지 않아 자리만 차지하는 신생아용 장난감들을 중고 마켓에 팔려고 했더니, 힘들 때 자신을 도와준 친구들이라며 통곡을 하는 바람에 그만뒀다. 육아 우울증이라는 게 있다던데 이게 그건가 싶어 정신과에 가보면 어떻겠냐고 했다. 그랬더니 고양이가 희한하다나 뭐라나 하는 이상한 이름의 정신과엘 다녔다. 하루에도 몇 번씩 오락가락하던 슬기의 기분은 언젠가부터 훅 가라앉았다. 슬기는 수도승처럼 아예 말이 없어졌다.

불안했다. 이번에는 또 왜 이러는 건지.

"놀라지 마. 그러니까… 내가 깜빡깜빡하는 것 같아."

슬기가 마치 우주의 비밀이라도 알아낸 사람처럼 진지한 투로 말했지만, 남편은 대수롭지 않게 대답했다.

"난 또 뭐라고. 원래 다 그렇대."

"다들 이런다고?"

"그래. 애 낳고 나면 다 깜빡깜빡한대. 우리 엄마도 나 애기 때 날 데리고 퇴근하다가 깜빡하고 버스에 두고 내렸었대. 아니, 아무리 그래도 어떻게 자기 아들을 두고 내려?"

"아니, 그 깜빡이 아니라, 내가 깜빡거린다고. 고장 난 형광 등처럼!"

"형광등? 그건 저번에 갈았는…"

"그게 아니라…!"

슬기는 언제나 자신의 말을 한 귀로 듣고 한 귀로 흘리는 남편의 몹쓸 병이 도졌구나 싶어 속이 터졌지만 말을 아꼈다. 까 짓거 직접 보여주면 되는 것이었다.

슬기의 표정이 비장해졌다. 이상하게 벅차오르는 홍분, 두 려움, 불안함 같은 감정들을 최대한 누르며 아까처럼 거울을 바라봤다. 하지만 아무 일도 벌어지지 않았다. 어떻게 해야 하는 걸까. 자세를 달리해 보기도 하고, 서 있는 위치를 바꾸기도 하면서 깜빡임을 재현하려 했지만 역시나 그대로였다. 깜빡임은 없었다.

슬기가 애를 쓰는 동안 소파에 앉아 있던 남편은 주변을 둘러보았다. 거실 바닥에는 장난감이 아무렇게나 널려 있었고, 그 옆에는 덜 갠 옷들이 쌓여 있었다. 식탁 위에는 아이들이 먹다 남긴 이유식이 그대로 있었다.

남편이 양말을 벗으며 중얼거렸다.

"오늘도 만만치 않았나 보네."

그 한 마디에는 약간의 질책이 섞여 있었다. 하루 종일 쌍둥이와 씨름하느라 녹초가 되었는데 집 안 상태를 지적하는 듯한 말이 돌아오자, 슬기는 자기도 모르게 울컥하는 기분이 들었다. 하지만 그걸 따지고 들면 또 괜한 싸움만 일어날 뿐이었다.

슬기의 품에 안겨 있던 2호가 몸을 뒤척이며 칭얼대기 시작했다. 남편에게 가고 싶다는 뜻이었다.

"내려달라는 거 같은데?"

"기다려봐. 아까 분명히 이러고 있을 때….".

2호가 몸을 늘어뜨리며 울먹였지만, 슬기는 무언가에 홀린 듯 개의치 않고 자신이 깜빡인다는 것을 증명하려 애썼다.

보다 못한 남편이 소파에서 벌떡 일어났다.

"그만해. 애 울잖아!"

"내가! 깜빡거렸다니까!"

슬기가 2호를 데려가려던 남편을 뿌리쳤다. 그러다 슬기의 손이 남편의 어깨에 닿았고, 그 순간!

슬기가 깜빡였다.

이쯤에서 잠시 '깜빡'이라는 현상에 대해 생각해 보자. '깜빡'의 '깜'이 0, 즉 무언가가 없는 상태라고 한다면, '빡'은 1, 무언가가 존재하는 상태. 다시 말해 슬기가 깜빡인다는 것은 '0101…'을 반복하는 것이기도 했고, '없다가 있다가…'를 반복하는 것이기도 했다.

남편의 어깨에 닿은 짧은 순간 '깜'에 해당하는 무존재 상태가 된 슬기의 손은, 아무런 저항 없이 남편의 어깨로 쑤욱 들어가 버렸다. 이내 손의 상태가 '빡'으로 바뀌자 슬기의 손은 남편의 어깨에 그대로 끼어 있는, 중첩 상태가 되어버린 것이었다.

"어?"

그와 동시에, 슬기의 손인지 남편의 어깨인지 모르게 된 부위에서 빛이 났다. 그 빛은 찰나에 남편의 온몸에 번져 번쩍번쩍한 글리치를 일으켰다. 남편은 오류가 생긴 게임 속 개체처럼 색상과 형태가 빠르게 몇 번 바뀌었는데, 희고 검은 색이 되었다가, 크리스마스 색이 되었다가, 잠깐이지만 G#, 하마, $n \geq 8$이 되기도 했다.

그리고 펑!

폭발음이 들렸다. 슬기와 쌍둥이에게는 아무런 변화가 없었다. 이 모든 일은 정말 눈 깜짝할 사이에 벌어졌기 때문에, 슬기가 인지한 상황은 보다 단순했다.

남편이 사라져 버렸다.

수상한 방문자

이걸 뭐라고 설명해야 할까. 폭발과 함께 집 안의 모습이 완전히 달라졌다. 벽도, 커튼도, 가구들도, 마치 뒤집힌 옷처럼 울퉁불퉁한 이면을 고스란히 드러냈다.

꿈이라도 꾸고 있는 걸까? 아니면 이 또한 육아 스트레스의 부산물인 걸까? 집 안을 둘러보던 슬기는 잠깐 동안 어지러움을 느꼈다. 쌍둥이를 떨어뜨릴까 봐 바닥에 내려놓으려던 슬기가 멈칫했다. 바닥이 문제였다. 마치 뒤집힌 스웨터 안쪽처럼 부드럽지만 들쑥날쑥했고, 미세하게 출렁이기까지 해서 발바닥 전체로 기분 나쁜 촉감이 느껴졌다.

무언가 잘못되었다. 확실한 건 그것뿐이었다.

혼란스러워하는 슬기와 달리, 쌍둥이는 달라진 집 안을 낯설어하지 않았다. 오히려 새로운 장난감이라도 발견한 듯한 표정으로 꺄르르 웃으며 손에 닿는 모든 것들을 만지고, 입에 넣으려고 했다. 그 해맑음이 슬기를 더 불안하게 만들었다.

"여, 여보?"

혹시나 하는 마음에 불러봤지만 남편은 여전히 보이지 않았다. 분명 눈앞에서 사라졌다. 어디서부터 뭐가 어떻게 잘못된 건지 짐작도 가지 않았다.

비상 상황이었다. 고장 난 듯 한동안 멍하니 있던 슬기가 홀린 듯 핸드폰을 집어 들어 119를 눌렀다. 신호음이 한두 번 울리고, 상담원이 전화를 받자마자 슬기는 숨 가쁘게 자초지종을 쏟아냈다.

"펑! 하고, 집에 있는 것들이 전부 이상하게 변했는데요…."

"폭발이요? 가스 폭발로 집이 부서졌다는 말씀이신가요?"

"아니요. 부서진 건 아니고 멀쩡한데요. 그게, 뒤집혔다고 해야 하나. 그러니까, 옷을 뒤집어 입은 것처럼요! 색깔도요. 달라졌는데요. 커튼도 원래는 저 색깔이 아닌데…."

슬기의 말이 갈수록 조각조각 부서졌다. 눈앞의 상황을 설명하려다 보니 점점 더 말도 안 되는 말이 되어갔지만 멈출 수가 없었다.

"…… 장난 전화 하시면 안 됩니다, 선생님."

뚝.

이번엔 112를 눌렀다.

"남편이 사라졌다고요? 실종되셨나요?"

"아니요! 실종은 아닌데, 아니, 맞나? 아무튼 갑자기요! 소파에서 사라져 버렸거든요!"

경찰 역시 믿지 못하는 눈치였다. 그때 슬기의 핸드폰에서

188

벨 소리가 시끄럽게 울려댔다. 그리고 화면이 몇 번 깜빡이더니 통화가 저절로 끊겼다.

곧 집 안의 모든 가전제품들이 미쳐 돌아가기 시작했다.

전기밥솥이 아무 버튼도 누르지 않았는데 "취사를 시작합니다!"라고 외쳤고, 로봇 청소기는 "충전이 필요합니다!"라면서 스스로 기어 나와 작동했다. 세탁기는 "뚜껑을 닫아주세요!"를 반복하며 빈 통을 요란하게 돌렸고, 냉장고는 문이 열리지도 않았는데 내부 조명을 깜빡이며 경고음을 울렸다. 가전제품들이 내는 소리가 마구 섞이자 쌍둥이가 놀라 울음을 터뜨렸다. 1호는 슬기의 등에 매달려 통곡을 했고, 2호는 안아달라는 듯 양팔을 뻗었다. 아이들의 울음소리와 각종 가전의 작동음이 뒤엉켜 귀가 멍해졌다. 슬기는 정신없이 집 안을 뛰어다니며 가전제품들의 전원을 하나하나 끄고 플러그를 뽑았다.

거실에 침묵이 찾아왔다. 슬기는 쌍둥이를 품에 안고 아기 울타리 안에 들어가 앉았다. 자신도 모르게 입으로는 "괜찮아. 괜찮아."를 되뇌었다. 아이들에게 하는 말이라기보다는 자신에게 하는 말에 가까웠다.

남편이 사라진 소파 위에는, 그가 벗어두었던 양말 한 짝만이 남아 있었다. 조금 전까지만 해도 그 자리에 앉아 있던 사람의 흔적이었다.

잠깐 사이에 온갖 생각이 슬기의 머리를 스쳤다.

혹시 내가 그이를 죽인 거라면?

내가 감옥에 가면 애들은 누가 키우지? 보호시설에서 부모 없이 꿋꿋이 자라던 아이들이, 어느 날 엄마가 깜빡거리는 살인자라는 걸 알게 되겠지? 그럼 삐뚤어져서 일찍부터 나쁜 친구들과 어울려 다니며 술, 담배를 하고…. 행여, 할머니가 된 내가 출소했을 때는 이미 아이들이 감옥에 간 뒤라 영영 만나지 못하는 건 아닐까? 차라리 자수를 하면? 근데 뭐라고 말하면서 자수를 하지?

딩동!

그때 현관 벨이 울렸다. 신고를 받은 경찰이 벌써 온 걸까? 슬기는 자신이 죄를 지었을지도 모른다는 생각에 두렵기도 했지만, 어쨌든 이 괴상한 상황을 공유할 사람이 나타났다는 반가운 마음에 현관문을 벌컥 열어젖혔다.

문 앞에는 두 사람이 서 있었다.

한 명은 10대 중반쯤으로 보이는 단발머리의 왜소한 여자아이였고, 다른 한 명은 뿔테 안경에 정장 차림의 배 나온 중년 남성이었다. 그림체부터 다른 둘의 유일한 공통점은, 겉옷 안에 화려하기 그지없는 하와이안셔츠를 입고 있다는 점이었다. 색색의 홍학과 바나나, 야자수 잎 등이 정신 사납게 그려진 셔츠라서 자꾸만 시선이 갔다. 그리고 둘 다 무언가를 아삭아삭 씹고 있었는데, 손에 든 지퍼 백 안에 얇게 썰린 낯선 채소가 들어 있는 걸로 보아 그걸 먹는 듯했다. 아무래도 경찰이나 구급대원으로 보이지는 않았다.

중년 남성이 말했다.

"신고 받고 왔습니다."

"아. 그런데 누구…"

슬기가 말을 채 마치기도 전에 여자아이가 자기 집인 양 불쑥 안으로 들어왔다. 신발을 신은 채로 거침없이 들이닥치는 여자아이를 피해 슬기가 자신도 모르게 한 발짝 물러나자, 뒤따라 들어오던 중년 남성이 제 구두를 현관에 가지런히 벗어두며 대신 사과를 했다.

"저분이 외국에서 오래 살다 오셔서 문화 차이가, 예. 실례합니다."

거실에 들어선 2인조가 연달아 탄성을 질렀다.

"오호! 이거 참. 오오!"

두 사람 모두 이 비현실적인 풍경에 두려워하기는커녕, 벚꽃 구경이라도 온 사람들처럼 감탄하고 있었다. 슬기는 그러한 반응이 이상하게 느껴졌지만, 어디가 어떻게 이상한 건지 콕 집어내기 어려웠다.

중년 남성이 슬기를 향해 눈살을 찌푸리며 다가왔다. 무언가를 기억해 내려 애쓰는 표정이었다.

"저, 맞으시죠? 그러니까 그… 고둥, 아니 올갱이? 아니 뭐더라?"

슬기는 중년 남성이 자신의 이름을 떠올리려 한다는 걸 깨달았다. 간혹 저런 식으로 헷갈려 하는 사람을 본 적이 있었기 때문이었다.

"다슬기요."

"아! 맞아요. 다슬기 씨!"

중년 남성은 잊어버리지 않으려는 듯, "다슬기, 다슬기, 올갱이 아니라 다슬기."라며 몇 번이나 중얼거렸다. 도대체 뭐 하는 사람들이지? 슬기가 두 사람의 신분을 물으려는데, 중년 남성이 이상한 채소가 든 지퍼 백을 불쑥 내밀었다.

"일단 이걸 좀 드셔야 하거든요."

"이, 이게 뭔데요?"

"오이라는 채소입니다."

"오이…요?"

한 번도 들어본 적 없는 이름이었다. 슬기가 의심스러워하자, 중년 남성이 허리를 숙이며 공손하게 부탁했다.

"안전을 위한 것이니 부탁합니다."

이상한 말이었다. 낯선 채소를 먹어야 안전해진다니. 하지만 중년 남성이 워낙 단호하고 진지하고 예의 바른 태도를 보였기에, 그가 내민 채소를 안 받으면 무례한 사람이 될 것 같았다. 망설이던 슬기는 지퍼 백 안에서 가장 얇은 오이 조각 하나를 꺼내 조심히 한 번 씹었다. 딱딱한 조직 안에 물기를 많이 머금은 채소였다. 얼핏 애호박처럼 보이기도 했는데 그보다는 시원하면서도 살짝 비린 맛이 났다. 먹어보니 생각보다 평범했다.

"그냥… 채소인데요?"

"그죠. 채소가 뭐 안 그냥 채소가 있나요."

그사이 여자아이는 과학수사라도 하듯, 장갑 낀 손으로 집 안 곳곳의 물건들을 만져보는 중이었다. 자세히 보니 여자아이는 1990년대에나 썼을 법한 안테나 달린 폴더형 핸드폰을 벨트에 차고 있었는데, 그 때문인진 몰라도 옛 드라마에서 튀어나온 인물 같아 이질감이 느껴졌다.

중년 남성이 여자아이에게 다가가 말했다.

"이것도 그거인 거 같은데요?"

여자아이는 눈썹을 살짝 치켜올리며 대답했다.

"아무래도 그렇지. 저건 아니니까."

"네. 저거라면 그럴 텐데, 이건 저것하고는 확실히 차이가 나서, 그거가 분명한 거 같은데요."

둘은 얼굴을 맞대고 진지하게 고개를 끄덕여 가며 대화를 나눴다. 슬기는 도무지 무슨 소리인지 알 수가 없었는데, 정작 본인들은 모든 게 명확하다는 듯한 표정이었다.

슬기가 참지 못하고 물었다.

"잠깐만요. '그게' 뭔데요, 그게?"

대답 대신 여자아이가 겉옷 안주머니에서 무언가를 꺼냈다. 태극 문양이 작게 그려져 있어, 얼핏 여권처럼 보이는 검은색 수첩이었다. 여자아이는 뒤이어 수첩의 한 페이지를 펼쳐 슬기에게 불쑥 내밀었다.

"이대로 말해봐."

"네?"

수첩에는 이렇게 쓰여 있었다.

여보 마이클 이마 보여

"여, 여보 마이클 이마 보여?"

기세에 눌린 슬기가 자신도 모르게 글귀를 읽었다. 그러자 여자아이가 수첩의 페이지를 한 장 넘겨 다시 내밀었다. 이번에는 좀 더 길고 난해한 문장이었다.

"가련하시다 사장 집… 아들딸들아 집 장사 다시 하련가?"

어안이 벙벙해진 슬기가 더듬거리며 읽기를 마치자, 여자아이가 눈살을 찌푸리며 고개를 갸웃거렸다. 중년 남성은 안경을 살짝 밀어 올렸다.

"그건 아닌가 본데요?"

"그러네. 그게 아니면 이럴 리가 없는데."

슬기가 더는 못 참겠다는 표정으로 외쳤다.

"아니, 잠깐만요. 당신들 도대체 누구신데요?"

중년 남성과 여자아이가 서로 눈을 마주쳤다. 여자아이가 아직 말 안 했냐며 탓하는 눈빛을 보내자 중년 남성은 눈을 동그랗게 떴다. 중요한 걸 빠뜨렸다는 사실을 이제 막 깨달은 사람처럼.

"아, 말씀을 안 드렸었나요?"

중년 남성은 민망한 듯 헛기침을 한 번 하고는, 겉옷 안주머니를 뒤적여 신분증을 꺼내 내밀었다.

"저희는 이런 사람들입니다."

그런데 너무 잠깐 보여줬다. 슬기가 신분증 속 글자를 막 읽기 시작하려던 차에 중년 남성은 신분증을 품속에 집어넣어 버렸다.

"잠깐만요. 다시 좀 보여주세요."

이번에도 슬쩍 내밀었다가 얼른 거두려는 손을 슬기가 재빨리 붙잡았다. 중년 남성의 증명사진이 붙어 있는 신분증에는 이렇게 적혀 있었다.

[대한민국 레시피 조사국]
조사원 김선생

"레시피 조사국… 김선생?"

중년 남성이 멋쩍은 얼굴로 웃었다.

"정식 국가기관 소속이니, 걱정하실 필요 전혀 없으세요."

그래 보이긴 했다. 수첩 표지에 국가기관 로고도 있었고. 그
런데 왜 자꾸 숨기려 한 걸까? 슬기가 의심스러워하며 물었다.

"신분증을 왜 안 보여주려고 했어요?"

"그게…"

중년 남성, 아니 '김선생'이 우물쭈물하며 말했다.

"제 사진이 좀… 별로라서."

다시 보니 증명사진 속 중년 남성의 코 한가운데에 있는 큼
지막한 여드름이 도드라져 보였다.

"다시 찍고 싶었는데, 한 번 찍으면 땡이라고 해서…."

김선생의 말끝이 점점 흐려졌다. '김선생'이 이름일 리는 없
고, 공무수행 중 사용하는 별명이라면 본인과 묘하게 잘 어울
리긴 했다. 특징이라고는 없는 밋밋한 얼굴에 연신 흐르는 땀
을 이미 땀에 젖은 꽃무늬 손수건으로 닦아내는 모습은, 마치
만화영화 속 곰 같았다. 덩치만 클 뿐 만만해 보였다.

"아줌마. 맘 카페에 글 썼지?"

여자아이가 끼어들었다. 그는 김선생과는 반대로, 작고 어
려 보이지만 날카로운 눈빛을 지니고 있었다. 슬기는 나중에야
알게 되지만 여자아이는 '걸리버'라 불렸다. 이 또한 당연하게
도 별명이었다. 고양희나 다슬기 정도면 또 모를까, 사람 이름

이 걸리버일 리는 없을 테니까. 아무튼 처음 그 별명을 알게 된 사람들은 대부분 《걸리버 여행기》를 떠올렸지만, 사실은 1997년 현대전자에서 출시한 핸드폰 브랜드 '걸리버'에서 따온 것이었다. 배우 박진희와 양택조가 나왔던 TV 광고를 통해 "걸면 걸리는 걸리버"라는 멘트를 유행시켰을 정도로 당시에는 꽤나 히트했던 상품이었다. 눈치챘겠지만 걸리버가 벨트에 차고 있는 핸드폰이 바로 그 걸리버였다.

걸리버가 계속해서 물었다.

"닉네임 아프로뒤태, 맞지?"

"아…. 맞긴 한데. 그게 중학교 때부터 쓰던 닉네임이라서 그냥…."

슬기는 어쩐지 좀 쑥스러운 기분이 들어, 굳이 변명을 했다. 말끝을 흐린 건 상대가 반말을 했기 때문이었다. 아무리 봐도 중학생인 것 같은 애가 어른들에게 자꾸만 반말을 하니 어떻게 대응해야 하나 싶었다.

자주 봤던 반응인지, 김선생이 손으로 입을 가리며 슬기에게 슬쩍 귀띔했다.

"겉으론 저래 봬도 실제론 나이도 많고 완전 꼰대시거든요. 너무 개의치 마세요."

여전히 쌍둥이를 업고 안고 있던 슬기가 아이들을 내려놓기 위해 아기 울타리 안쪽에서 그나마 멀쩡해 보이는 바닥을 찾았다. 그리고 2호부터 내려놓으려는데, 2호가 떨어지기 싫은 듯 슬기의 바짓가랑이를 붙잡고 칭얼거렸다.

"알겠어, 알겠어."

슬기가 어쩔 수 없다는 듯, 2호를 다시 안아 들었다. 쌍둥이가 꽤 묵직해 보인다고 생각한 김선생이 좀 도와줄까 싶어 다가갔지만, 슬기는 손을 저으며 거절했다. 아무리 힘들어도 낯선 사람에게 아이를 맡길 순 없는 노릇이었다.

반면 걸리버는 슬기의 사정은 신경 쓰지 않는다는 태도로 수첩을 펴고 궁금한 것을 물었다.

"이 집에서 무슨 일이 있었던 거지?"

"그게 그러니까…."

슬기가 걸리버와 김선생을 번갈아 쳐다봤다. 있는 그대로를 말해도 되는지 잠깐 고민한 것이었다. 소파에 걸터앉은 김선생이 들을 준비 됐다는 듯, 시선을 맞추며 슬기를 안심시켰다. 슬기는 가까스로 입을 열었다.

"남편하고 아이들하고 같이 있었는데요. 제가 또 깜빡거렸어요. 그 맘 카페에 썼던 것처럼요."

걸리버가 수첩의 메모를 확인하며 말했다.

"망가진 형광등처럼. 맞지?"

"네. 아주 잠깐이었는데… 갑자기 펑 하고 무슨 폭발처럼…. 그러고 나니까 순식간에 집이 이렇게 변했고, 그사이에 남편이 사라졌어요."

"남편이 사라졌다고?"

"네. 그때 소파에 앉아 있다가…"

김선생이 찝찝해졌는지 소파에서 일어나려는데, 슬기가 말을 이었다.

"일어나려고 했었는데…"

김선생이 얼른 도로 앉았다.

"눈 깜짝할 사이에 없어졌어요."

김선생은 아예 벌떡 일어나 소파로부터 멀찍이 비켜섰다. 슬기의 진술 내용을 수첩에 적던 걸리버가 물었다.

"전기밥솥은?"

"네?"

"글 썼었잖아. 전기밥솥이 이상한 말을 한다고."

하필 또 전기밥솥 옆에 가 있던 김선생은 우왕좌왕하더니 결국 걸리버 뒤로 가서 섰다.

그사이 슬기가 대답했다.

"아… 네. 아까도 그랬어요. 갑자기 가전제품들이 제멋대로 작동을 해서, 전원을 다 꺼뒀어요."

"흐음. 그랬단 말이지."

믿기 어려운 증언을 계속하고 있는데도 태연히 조사를 이어가는 걸리버를 보며 슬기는 생각했다. 대한민국 레시피 조사국이라니 대체 뭐 하는 곳일까? 세계에 알릴 한국 요리를 개발하는 곳일까? 저 둘은 유명한 한식 셰프인 걸까? 아니, 아닐 것이다. 영화에 간혹 이름과는 다른 일을 하는 비밀 기관들이 나오지 않나. 남편이 사라지고, 집이 뒤집히고, 가전제품들이 제멋대로 날뛰고… 이건 아무래도….

생각 끝에 얼굴을 굳힌 슬기가 걸리버에게 물었다.

"호, 혹시 이게 그, 그건가요?"

"이게 그거냐니 뭔데?"

슬기가 침을 꼴깍 삼켰다.

"그거 있잖아요. 이런 일이 벌어지고, 그걸 조사하는 사람들이 찾아와서… 집에 걸린 저주를 밝혀내는…. 두 분은 그럼, 무당이세요? 그래서 어린애가 아무한테나 막 반말을?"

걸리버와 김선생이 눈을 마주쳤다. 서로의 모습을 훑었지만 딱히 무당처럼 보이진 않았다. 걸리버가 한숨을 쉬며 대답했다.

"…이겠냐?"

"네?"

"암튼 우리나라 사람들, 뭔가가 좀만 이상하면 귀신 짓이래. 그리고 그냥 귀신이라고 하면 되지 그거, 이거, 이러면 어떻게 알아들어?"

슬기가 발끈했다.

"아까 둘도 계속 그거, 이거 했으면서…!"

"에이. 그거랑 이거랑은 다르죠."

김선생이 얄밉게 끼어들어 반박했다.

귀신 짓이 아니라니 다행이긴 했지만, 그렇다면 도대체 이게 다 무슨 일이란 말인지. 넷플릭스로 키운 슬기의 상상력은 여기까지였다.

"그럼 뭔데요? 귀신이 수작을 벌인 것도 아니고 저주를 받은 것도 아니면, 우리 집은 왜 이 모양이고, 남편은 어떻게 된 거고, 당신들은 뭐냐고요?!"

슬기는 금방이라도 울음이 터질 것 같았다. 무섭고 답답하고 억울했다. 가슴속에서 온갖 감정들이 뒤섞였다. 하지만 걸리버는 아랑곳하지 않고 부엌으로 들어가더니 냉장고의 전원을 다시 켰다. 로봇 청소기의 전원도 켜고, 뽑혀 있던 전기밥솥의 플러그까지 꽂았다. 그러자 익숙한 음성 메시지가 나왔다.

"띠리리리리— 안녕하세요. 쿡쿠입니다. 음성 가이드로 더욱 편리하게 쿡쿠하세요. 쿡~쿠."

"그건 또 왜…."

슬기가 쌍둥이를 꼭 끌어안았다. 가전제품들이 또 난리를 칠까 긴장한 탓이었다.

걸리버가 장갑을 벗으며 말했다.

"아줌마 남편은 사라진 게 아니야. 사람이 갑자기 사라진다니 말이 돼? 너무 이상하잖아."

"그럼요?"

걸리버가 전기밥솥 뚜껑을 똑똑 두드리며 말했다.

"남편? 맞으면, 잡곡 쾌속 해봐."

"도, 도대체 무슨…?"

쉿! 걸리버가 입에 손가락을 가져다 대며 슬기의 말을 막았다. 잠깐의 침묵 뒤 전기밥솥의 음성 안내가 흘러나왔다.

"잡곡 쾌속! 취사를 시작합니다! 잡곡 쾌속!"

걸리버가 태연히 말했다.

"가전제품이 됐어, 당신 남편은."

말.도.안.돼.

사람이 갑자기 사라지는 것보다 이게 훨씬 더 이상했다.

레시피

슬기는 놀란 입을 다물지 못하고 한동안 멍하니 서 있었다.
내 남편이 가전제품? 믿을 수 없었다. 전기밥솥을 향해 다가간
슬기는 뚜껑에 대고 조심히 말했다.

"여, 여보?"

"잡곡 쾌속!"

헐.

"정말 당신이라면… 그래, 나물솥밥이라고 해봐."

"나물솥밥!"

슬기가 잠깐 휘청거렸다. 곁에 있던 김선생이 잡아주지 않
았다면 쓰러질 수도 있었다.

"너무 걱정 마세요. 전기밥솥 정도면 꽤 실속도 있고…."

"아니, 왜, 왜 남편이 여기 들어간 거죠? 전기밥솥에 사람이
어떻게…?"

말 같잖은 김선생의 말을 끊으며, 슬기가 걸리버에게 따
지듯 물었다. 걸리버가 주변을 둘러보며 대답했다.

"정확히 말하면 전기밥솥뿐 아니라, 이런저런 가전제품 속

으로 흩어진 것 같은데."

"그러니까, 왜요?"

"그건 우리도 모르지. 뭐, 2017년에도 비슷한 사례가 있긴 했었는데, 그땐 뭐였더라?"

"남편이 김치냉장고요."

김선생이 손까지 들고 대답했다.

"그래. 김치냉장고가 된 적이 있었어. 그때도 신고자가 애들 엄마였지."

"저 때문에 전기밥솥이 된 건가요?"

걸리버가 고개를 저으며 말했다.

"아니. 이건 레시피야."

"레시피?"

걸리버가 설명하기 귀찮다는 표정으로 김선생을 쳐다보자, 김선생이 기다렸다는 듯 앞으로 나섰다.

"자, 잘 들으세요. 레시피라는 건 말이에요. 그러니까 평범해 보이는 물건이나 행동, 상황, 감정, 경험 같은 것들이 어떤 조건에 놓이거나, 혹은 우연히 조합될 때 발생하는 현상을 가리킵니다. 다들 잘 몰라서 그렇지, 이런 현상들이 주변에서 꽤 많이 일어나거든요. 예를 들어볼까요? 횡단보도를 건널 때도요. 1991년도에 만들어진 500원짜리 동전을 주머니에 넣고, 흰색 선만 밟으면서, '동 동 동대문을 열어라' 아시죠? 그 동요를 부르게 되면 초록불 길이가 3초 정도 짧아지거든요. 자, 이 모든 상황이 우연히 조합될 확률은 낮습니다만, 낮긴 해도 제로는 아니고 가끔 문제적인 레시피가 발생하기도 해요. 그러면 이제 어떻게 될까요? 아까 제 신분증 보여드렸죠? 레시피 조사국 조사원인 저희가 이렇게 현장에 찾아와서 해결을…"

김선생의 설명이 길어지자, 걸리버가 짜증스레 말했다.

"수업이라도 하게? 핵심만 전해."

"아, 죄송합니다. 습관이 돼놔서."

김선생이 걸리버의 눈치를 보며 지금까지 한 이야기를 정리했다.

"자, 핵심을 요약하자면요. 첫째, 다슬기 씨가 우연한 조합으로 레시피를 발생시켰다. 둘째, 그게 좀 문제적이라 저희가 왔다. 그리고 셋째, 이제 그걸 해결해야 한다."

말을 마친 김선생이 손수건으로 얼굴에 줄줄 흐르는 땀을 닦았다.

"휴, 여기까지 이해되셨나요?"

모르겠다. 슬기는 반의 반의 반도 못 알아들었다. '동 동 동 대문을 열어라'는 무슨 노래인지 알고, 특정한 재료가 조합되면 무슨 일이 일어난다고 했던 것 같기도 하고.

"아무튼 제가 남편을 가전제품으로 만드는… 그런 행동을 했다는 거죠? 그게 '레시피'?"

205

김선생이 손가락까지 튕기며 외쳤다.

"레시피, 정답!"

걸리버가 설명을 덧붙였다.

"깜빡임 레시피를 발생시키는 일반적인 재료 몇 가지가 있어. 육아 중인 애 엄마가 짝짝이 양말을 신어야 하고, 중학교 시절 내내 2반이었어야 해."

슬기는 자신의 양말을 내려다보았다. 언젠가부터 짝을 맞춰 정리하기가 번거로워 색상만 같은 짝짝이 양말을 신고 다니긴 했다. 중학교 3년 내내 2반이었던 것도 맞았다.

"하지만 그 재료들만으로는 본인이 깜빡이다가 투명해져서 존재감이 사라지기만 할 뿐, 주변에 문제가 생기지는 않아. 그런데 아줌마의 경우에는 기본 재료에 어떤 추가 재료가 더해졌어. 그래서 주변 인물과 사물이 일종의 '오류'가 된 거야. 전기밥솥도, 남편도, 이 집도. 치명적이지."

치명적이라는 말에 김선생이 어째선지 오이 조각을 하나 꺼내 먹었다. 하지만 슬기에게는 별로 중요한 일이 아니었다.

"아, 알겠어요. 어쨌든 저희 남편은… 원래대로 돌아올 수 있는 건가요?"

"나물솥밥?"

자기 얘기라는 걸 알아채기라도 했는지, 흘러나온 전기밥솥의 음성 안내에서 절실함 같은 게 느껴졌다.

걸리버가 아이용 플라스틱 의자에 앉으며 말했다.

"돌아올 순 있는데, 일단 그 추가 재료가 뭔지 찾아야 해."

"추가 재료라면…."

슬기가 집 안을 둘러보며 재료가 될 만해 보이는 물건들을 찾았다. 개다 만 옷들? 분유 포트? 아니면 '국민 문짝'*? 걸리버는 여기저기를 두리번거리는 슬기의 얼굴을 자세히 들여다보더니 물었다.

"세수했어?"

"네?"

"마지막으로 언제 했어?"

"어, 어제 아침에?"

"그게 재료일 수 있어."

"단골 재료죠."

김선생이 추임새를 넣었다.

"그런 것도 재료가 돼요?"

슬기의 질문에 걸리버가 답답하다는 듯 대답했다.

"아까 못 들었어? 뭐든지 레시피의 재료가 될 수 있어. 몸에 밴 습관이나 지니고 다니는 물건, 매일 느끼는 감정, 전부 다. 평소 늘 하거나 다루는 게 뭔지 한번 잘 떠올려보란 말이야. 아

---

* 육아 필수템으로 불리는 문 형태의 유아용 교육 완구를 가리키는 별칭. '피셔프라이스 러닝홈'과 '뽀로로 뮤직 플레이하우스'가 대표적이다.

줌마의 재료가 뭘까? 응? 이게 무슨 냄새지?"

쿵쿵대는 걸리버에게 슬기가 말했다.

"똥."

"뭐?"

쌍둥이 2호였다.

화장실에서 슬기가 기저귀를 갈고 2호를 씻기는 소리가 들
렸다. 걸리버는 아기 울타리 안의 1호를 관찰 중이었다. 긴 시
간이 아니었는데도, 1호는 기어다니며 여기저기를 어지럽히고
이것저것을 망가뜨렸다.

걸리버가 중얼거렸다.

"아무리 봐도, 지옥에서 온 선물 같은데 말이지…."

"지옥이요? 뭐가요?"

김선생이 오이를 아삭거리며 나타났다. 걸리버가 한심하다
는 눈빛으로 그 모습을 힐긋 보며 말했다.

"맛있냐, 그게?"

"뭐, 맛으로 먹나요? 다 살려고 억지로 먹는 거죠."

김선생이 오이 조각 하나를 더 꺼내서 먹으려는데,

"빠야."

1호가 나타났다. 울타리를 잡고 두 발로 일어난 1호가, 불
쑥 둘의 눈앞에 얼굴을 내밀었다. 1호는 눈을 동그랗게 뜨고 김

선생을 빤히 바라보고 있었다. 김선생이 최대한 이쁜 표정으로
인사를 했다.

"저… 안녕?"

1호는 인사를 받아주기는커녕, 어디에서 났는지 모를 머리
핀 하나를 입에 넣으려 했다.

"어? 어? 안 돼."

김선생이 허둥지둥 말려 겨우 머리핀을 빼앗긴 했으나, 그
바람에 비틀거리던 1호가 그만 엉덩방아를 찧었다. 웬 곰 같은
아저씨한테 내 걸 빼앗긴 것도 서러운데, 엉덩이까지 콩! 한 것
이었다.

1호의 입술이 부들부들 떨리기 시작했다. 눈에는 서서히 눈
물이 맺혔다. 분출 직전의 작은 활화산이었다.

김선생은 시선을 1호에게 고정한 채로 걸리버에게 말했다.

"얘, 얘 지금 울려나 본데요? 어떡하죠?"

"그걸 왜 나한테 물어?"

걸리버는 그저 흥미롭다는 듯 팔짱을 끼고 지켜보기만 했
다. 1호가 김선생이 들고 있는 오이를 쳐다보며 손을 내밀었다.
자기도 달라는 거였다. 당황한 김선생이 지퍼 백을 등 뒤로 감
췄다.

"이건 안 돼. 그니까, 몇 개 안 남아서…."

"……."

1호는 김선생을 가만히 바라보다가,

"끼아아오!"

김선생의 귀청이 떨어져 나갈 만한 고음을 냈다. 록 스타라도 등장한 줄 알았다. 1호는 이에 그치지 않고 김선생의 안경을 확 낚아채 바닥에 패대기쳤다. 김선생의 시야가 흐려졌다.

"내 안경!"

1호가 두 발로 일어났다 엎드렸다를 반복하면서 포효를 이어갔다. 가히 거실의 무법자였다. 그리고 육아 올림픽이 열린다면 예선 최하위로 탈락할 수준인 김선생과 걸리버는, 서로 어떻게 좀 해보라면서, 이 무법자를 진정시키는 임무를 서로에게 떠넘기려 했다.

위이잉!

갑자기 거실 한편에서 로봇 청소기가 시끄러운 소리를 내며 깨어났다.

"청소를 시작합니다!"

곧장 1호를 향해 다가간 로봇 청소기는 1호 주변을 빙글빙글 돌며 외쳤다.

"청소 영역 설정은… 1번을 눌러주… 1번… 1번!"

사고 친 1호를 연달아 불러대는 저 리듬. 아무래도 남편이 틀림없었다.

1호는 눈앞에서 알짱거리는 로봇 청소기가 흥미롭다는 듯 청소기를 따라 시선을 돌렸다. 대치 중인 둘 사이에 긴장감이 흘렀다. 서로의 움직임을 읽어내려는 무사들이 낼 법한 팽팽한 기운이 감돌았다. 고요한 거실에는 로봇 청소기의 기계음과 1호의 코 먹는 소리만 들렸다.

덜컹! 바닥에 있던 장난감 때문에 로봇 청소기의 움직임이 멈추자마자, 1호가 단숨에 기어가 로봇 청소기를 덮쳤다.

"까꺄!"

그 와중에 볼륨 버튼이라도 눌렸는지 로봇 청소기의 안내 음성 크기가 자꾸 커졌다 작아졌다 했다.

"장애물을, 치워주십… 치워…!"

안경을 찾느라 바닥을 더듬거리던 김선생이 시트콤에서처럼 아기 울타리와 함께 우르르 넘어졌다. 제자리에서 빙빙 도는 로봇 청소기에 매달린 1호는 로데오 선수라도 된 듯 환호의 비명을 질러댔다.

여기까지가 슬기가 화장실에 가 있었던 5분도 안 되는 시간 동안 벌어진 일들이었다.

"안 돼!"

날카로운 목소리가 거실에 울렸다. 화장실에서 나온 슬기의 외침이었다. 그 소리에 놀란 1호가 로봇 청소기에서 떨어지듯 내려왔다. 금세 그렁그렁 눈물을 매단 1호의 아랫입술이 삐죽 튀어나왔다. 그리고,

"쁘아앙!"

울기 시작했다. 막 씻고 나와 기분 좋아 보였던 2호의 표정도 급격히 식어버렸다. 둘 다 본격적으로 울면 걷잡을 수 없었다. 슬기는 재빨리 바닥에 앉아 양다리 위에 쌍둥이를 앉히고 능숙하게 달래기 시작했다. 다행히 1호도, 2호도 점차 조용해졌다. 상황 종료였다.

안경을 되찾은 김선생이 슬기를 보며 엄지를 세웠다.

"마법이라도 쓰시나 봐요."

슬기가 자세를 고쳐 앉으며 대답했다.

"그냥, 무수한 실패의 결과죠."

상황을 지켜보고 있던 걸리버가 슬기와 멀찌감치 떨어진 곳에 앉아 수첩을 다시 꺼내 들었다.

"더 말해봐."

"뭘요?"

"무수한 실패 말이야."

속마음

애들이 5개월쯤 됐을 때였나, 정확한 날짜가 기억나진 않지만 더웠어요. 전 직장 후배에게 갑자기 연락이 왔어요. 저를 잘 따르던 후배였는데, 2세 계획 문제로 상담을 받고 싶다더라구요. 잘됐다 싶었죠. 그래서 집 근처 카페로 불렀어요.

"바닐라라테, 바닐라라테, 바닐라라테."

뭘 마시겠냐고 묻는 후배한테 '바닐라라테'라고 세 번이나 말했어요. 곧이어 "아이스 바닐라라테로!"라는 주문까지 했으니까 네 번이네요. 평소 좋아했던 메뉴도 아니었어요. 뭐랄까, 애들 낳고 나서는 카페에 간 적이 없었거든요. 마음이 들뜨더라구요. 달달한 바닐라라테를 한번 떠올리고 나니까 너무 두근거려서, 전날 밤에 잠도 제대로 못 잤어요.

"둘이 완전 컨트롤 c, v네요! 이쪽이 1호 맞죠? 세상에, 너무 이쁘다!"

후배는 쌍둥이를 이뻐했어요. 제 SNS에서 봤었다면서. 업데이트를 자주 하진 않는데, 간혹 잘 나온 아이들 사진을 올려두곤 하거든요. 후배가 쌍둥이를 보며 감탄하는 동안 저는 바닐라라테를 단숨에 다 마셨어요. 바로 한 잔 더 마시고 싶었지만, 오랜만에 만난 후배 앞이라 체면도 있고 해서 참았어요.

저는 얼음밖에 남지 않은 컵을 내려놓으며 말했어요.

"어. 말해봐, 말해봐. 너 임신 생각 중이라고?"

"네에. 남편도 저도 아이를 너무 좋아하고, 양가 부모님들도 내심…. 근데 걱정부터 되더라구요. 회사에서 마침 중요한 일을 맡았는데 어떡하나 싶었어요. 그래서 언니 SNS를 들여다보다가…"

"잠깐만. 1초만."

유아차가 답답했는지 1호가 몸부림을 심하게 쳤거든요. 칭얼대기 전에 벨트를 풀어서 얼른 안아 들었어요.

"어, 말해. 그래서?"

"남편은 자기가 육아휴직 쓰겠다고 걱정 말라는데, 그게 말처럼 쉬운 건 아니잖아요. 언니는 형부랑 어떻게 했는지…"

"빠따아!"

이번엔 2호였어요. 자기도 안아달라는 거였죠. 둘을 품에 안아 들고는 다시 말했어요.

"어, 말해. 그래서? 아악!"

1호가 제 머리카락을 꽉 잡아당겼어요. 오랜만의 외출이라 머리에 힘을 좀 줬었는데 그게 신기했나 봐요.

후배가 놀라서 물었어요.

"괘, 괜찮으세요?"

1호의 손을 조심히 풀어내며 괜찮다는 손짓을 했어요. 나 정도로 노련한 엄마에게 이 정도는 별일 아니라는 듯이요.

"어, 어, 괜찮아. 말해. 그래서?"

"아, 그게 육아 분담을 어떻게…"

"아악!"

이번엔 2호가 반대편 머리카락을 잡아당겼어요. 양쪽에서 줄다리기라도 하는 모양이었어요. 후배는 당혹스러운 표정이 었어요. 아이들을 떼어내 무릎에 얌전히 앉혔어요.

"괜찮아. 애들도 밖에 나와서 신났나 보네. 완벽히 컨트롤이 되니까 넘 신경 쓰지 마."

"아……."

"말해, 듣고 있어."

"그……."

후배는 더 이상 말을 잇지 못했어요. 2호가 제 어깨 위로 등 산을 하고 있었거든요. 2호를 잡아당겨 꽉 끌어안았는데,

그때였어요.

와장창!

테이블 위에 있던 바닐라라테 컵이 바닥으로 떨어져서 깨 졌어요. 제 품에서 버둥거리던 1호가 테이블을 걷어차고, 2호 가 따라 한답시고 덩달아 걷어찬 거였죠. 카페가 좁았는데 유

215

리컵 조각들이 사방으로 다 튀었어요. 난리도 아니었어요.

"죄송해요! 죄송해요!"

사과부터 했어요. 카페의 젊은 사장은 자기가 치울 테니 놔두라고 했지만, 표정이 좋진 않았어요.

급한 대로 쌍둥이를 하나씩 들어서 후배의 품에 안겼어요.

"여기, 잠깐만!"

"네? 네?"

난처해하는 후배를 뒤로하고 자리에서 일어났어요. 여기저기 튀어 나간 유리 조각을 조금이라도 모아놓으려 했어요. 다른 손님들이 혹시 다칠까 봐요. 손님들이 앉아 있는 테이블 아래로 들어가서 유리 조각을 주워 모았어요.

짤그랑, 사람들이 조용해져서 유리 줍는 소리가 유난히 크게 들렸어요. 그냥 공원에서나 보자고 할걸. 카페는 무슨 카페, 싶었죠.

그때 그 말이 들리더라구요.

"맘충, 맘충."

농구공 든 애들이었어요. 카운터 앞에서 아까부터 수박주스를 쪽쪽거리던. 중학생 정도 되어 보였어요. 재미있는 유행어라도 되는 것처럼 그 말을 하면서 자기들끼리 웃고 떠들었죠. 걔들, 그냥 어린애들이었어요. 자기들끼리는 수군거린다고 작게 말한 거 같은데, 카페가 좁아서 모두에게 다 들렸어요. 모르겠어요. 어쩌면 들으라고 하는 것도 같았어요. 전 못 들은 척했구요. 걔들은 바로 나갔어요. 저희도 오래 머물진 못했어요. 1호가 후배의 품에서 똥을 쌌거든요.

"고민 못 들어줘서 미안해."

카페에서 나와 후배에게 사과했어요. 그사이 쌍둥이 때문에 산발 머리가 된 후배가 어색하게 미소 지으며 대답했어요.

"아뇨. 다 해결됐어요."

"해결됐다고?"

"네. 완벽히요."

집에 돌아오는 길이 멀진 않았는데 힘들었어요. 팔은 무겁고, 땀도 흐르고, 유아차는 휘청거리구요. 손가락은 계속 욱신거렸어요. 실은 깨진 유리 조각을 모으다가 손가락을 살짝 베었거든요. 다치지 않은 척했죠. 괜한 짓 했다는 소리나 듣겠지 싶어서요.

집에서 기저귀를 간 뒤에, 이유식을 먹였어요. 그런데 그날따라 정말 입이 아니라 얼굴로 먹는 수준이었어요. 뚜껑 없는 믹서기에 넣고 돌린 것처럼 이유식이 사방으로 튀어서, 양손으로는 먹이고, 양발로는 바닥을 닦아내야 했어요. 그 와중에 2호가 식판을 통째로 떨어뜨렸어요. 아깝다는 생각이 가장 먼저 들었어요. 비싼 유기농 재료들로 몇 시간 동안 정말 힘들게 만든 이유식이었거든요.

"야!"

딱 한 마디를 했을 뿐인데, 애들은 엄마의 짜증을 기가 막히게 알아챘어요. 그 순간, '분노 조절 못 하는 부모가 아이의 정서 안정성을 파괴한다'라는 맘 카페 게시 글이 떠올랐어요. 아이들은 지들이 낼 수 있는 가장 큰 소리로 빽빽 울었어요. 좌우로 둘이니까 스테레오로 운 거죠. 그 소리를 듣고 있으면, 가끔 정신이 멍해져서 아무것도 못 하게 돼요.

문득 후배의 얼굴이 떠올랐어요. 저와 쌍둥이를 번갈아 바라보던 그 얼굴이요. 확실히 느껴졌거든요. 저처럼 되고 싶어 하지 않는다는 게요.

그리고 순간 눈앞이 아득해졌어요.

정말 잠깐이요. 머리가 하얘졌다가 다시 돌아왔어요.

나중에 알고 보니 그게 깜빡깜빡하는 거였더라구요.

★

"끔찍하네."

슬기의 경험담을 수첩에 적어 내려가던 걸리버가 펜을 흔들며 말했다.

"나라면 애들이랑 1분도 같이 못 있을 거 같은데?"

속을 떠보는 듯한 걸리버의 말에 슬기가 고개를 저었다.

"꼭 그렇진 않아요. 힘들긴 해도 견딜 만해요. 엄마잖아요."

슬기의 대답에 김선생이 감동스러운 표정으로 고개를 끄덕였다.

"맞아요. 엄마니까, 모성이 있으니까 뭐든 할 수 있는 거죠."

어느새 로봇 청소기가 슬며시 슬기에게 다가와 위로라도 하듯 중얼거렸다.

"자동 청소 모드입니다…."

그러자 슬기가 덧붙였다.

"물론 남편은 꼴 보기 싫을 때가 많지만요."

"집으로 돌아갑니다…."

로봇 청소기가 눈치껏 작동을 멈추고 충전기로 돌아갔다.

슬기가 물었다.

"근데 이런 얘기가 진짜로 도움이 되나요? 그 재료인가를 찾는 데?"

걸리버가 말없이 수첩에 적은 내용들만 살펴보고 있자, 김선생이 대신 대답을 했다.

"그, 그럼요! 저희는 원래 이런 일에 대한 전문가니까, 추가 재료만 찾으면 금방, 예. 걱정은 붙들어 매시고. 하하."

그러곤 슬쩍 걸리버의 곁으로 가서 작은 목소리로 물었다.

"전 모르겠는데, 뭐 좀 떠오르세요?"

"전혀."

"네? 열심히 적으셨잖아요?"

"문제 적는다고 답이 떠오르냐? 가만있어 봐. 차분히 생각 좀 하게."

"생각만 한다고 답이 떠올라요?"

전문가 둘이 투닥거리고 있는데,

딩동! 현관 벨이 울렸다.

누구지? 슬기가 인터폰 화면부터 확인했다. 아까처럼 누군지도 묻지 않고 집에 들이는 실수를 하지 않기 위해서였다.

경찰복을 입은 두 사람이 보였다.

"계세요? 경찰입니다. 신고 확인차 왔습니다."

걸리버와 눈빛을 주고받은 김선생이 슬기에게 물었다.

"경찰에 신고하셨어요?"

"네. 아까 전에."

"난처한데."

걸리버가 중얼거리자, 슬기가 따져 물었다.

"난처하다뇨? 국가기관 소속이라면서요? 그리고 그쪽도 신고 받고 왔다고 하지 않았어요?"

김선생이 작은 목소리로 대답했다.

"신고를 받고 오긴 했는데요. 저희는 경찰이 아니라 정신과에서 신고를 받고 온 거거든요."

"정신과요?"

"고양희한해용정신건강의학과의원이요. 거기 다니시죠? 원래 정신과병원 중에서 이름이 특히 긴 곳은 저희 레시피 조사국과 제휴 관계를 맺고 있는 곳들이라서."

"고양희 원장님이 저를 신고했다구요?"

"자세한 건 말씀드릴 수 없고, 아무튼요. 급하게 오다 보니까 절차를 생략하고 왔는데 일반 경찰은 저희 같은 비밀 기관은 잘 몰라서…."

딩동! 또다시 벨이 울렸다. 슬기는 집 안을 한 번 둘러보았다. 경찰이 아니라 그 누구라도, 이런 초현실적인 꼴을 이해하기는 힘들 것이었다.

"없는 척하죠."

슬기가 먼저 그렇게 제안하고 입을 다물었다. 걸리버와 김 선생도 조용해졌다.

벨을 한 번 더 눌러도 안에서 아무런 응답이 없자 경찰들은 어깨를 으쓱거렸다. 이내 돌아가려고 하는데,

"빠빠!"

1호가 반응했다. 아빠가 왔다고 생각한 것일까.

그리고 뒤이어,

"꺄꼬아! 읍!"

2호가 반응했다. 슬기가 겨우 입을 막았다.

현관문 밖 경찰들의 표정이 일순 심각해졌다. 경찰관 하나

가 소리쳤다.

"안에 무슨 문제라도 있으신가요?!"

연신 문을 두드리던 경찰이 파출소에 무전을 보내려고 하는데, 벌컥 현관문이 열렸다.

걸리버가 경찰들에게 물었다.

"왜 그러시죠?"

의외로 여자아이가 나오자 경찰 둘은 잠시 당황했다.

"신고 때문에 왔는데? 어른은, 안 계시니?"

경찰 하나가 문틈으로 집 안을 확인하려 했지만, 걸리버가 몸을 돌려 막아섰다.

"신고를 하긴 했는데요. 전부 잘 해결됐어요. 괜찮아요. 그럼 이만."

걸리버가 문을 닫으려는데,

"어, 어. 잠시만."

경찰이 자신의 구두를 문틈 사이에 끼워 넣으며 말했다.

"우리가 규칙상, 신고가 들어오면 현장 확인을 필수로 해야 하거든. 잠깐만 들어가 봐도 될까?"

걸리버가 한숨을 푹 내쉬며, 잡고 있던 문손잡이를 놓았다.

"어쩔 수 없죠. 정 그러시다면."

현관문을 열고 안으로 들어간 두 경찰의 눈에 가장 먼저 들어온 것은 비현실적인 거실 풍경이 아니었다. 어쩌면 그보다 더 비현실적인, 곰만 한 덩치의 김선생이 거실 한가운데에서 빙글빙글 코끼리 코 돌기를 하고 있는 모습이었다.

김선생은 무어라 외치고 있었다.

"$a \geq 0$일 때 x에 대한 방정식 $x^3+ax+4=0$은 오직 하나의 실근을 갖는다! 그 실근이 열린구간 $(-1, 2)$에 존재하도록 하는 양의 정수 a의 최솟값을 구하시오!"

수학 문제였다. 뜬금없었다. 이 문제를 들은 두 경찰은 쏟아지는 졸음을 참지 못하고 "어, 어" 하다가 꼬꾸라졌다. 그나마 학창 시절 수학을 좋아했던 경찰 하나가 버텨보려 했지만,

"$f(-1)f(2)<0$, 즉 $(3-a)(12+2a)<0$이므로, $a \geq 0$인 양의 정수 a의 최솟값은 4!"

정답 풀이 부분에서 참지 못하고 결국 잠들어 버렸다. 그새 지친 김선생도 비틀거리며 소파 위로 쓰러졌다. 부엌 안쪽에 숨어 있던 슬기가 어느새 잠든 쌍둥이를 안고 거실로 나왔다.

"이게 도대체⋯."

"헉헉, 레시피, 레시피예요."

김선생이 거친 숨을 몰아쉬며 말했다. 코끼리 코 돌기를 하면서 특정한 수학 문제를 풀어 상대를 잠재우는 '수학 문제 레시피'를 발생시켰다는 것이었다.

"근데요. 저 잠깐 쉬어야겠어요."

코끼리 코를 돈 횟수가 그 정도면 어지러운 게 당연했다. 눈

앞에서 직접 레시피 현상을 목격한 슬기는 단번에 레시피가 무엇인지 이해했다. 하지만 이게 초능력이라면 볼품이 없어도 너무 없었다. 코끼리 코를 하고 돌아서 사람을 잠재우고, 남편을 가전제품으로 만들기나 하니. 영화 속에는 하늘을 날거나 물체를 마음대로 움직이는 능력이 나와서 좀 멋진 느낌이 들던데.

슬기가 잠든 쌍둥이를 조심히 소파에 내려놓았다. 정말 깊이 잠든 것처럼 보였다.

"얼마나 오래 잠들게 되나요?"

"글쎄. 한동안은 깨지 않을걸."

걸리버의 대답에 슬기가 쌍둥이 곁에 털썩 주저앉았다. 기운이 쭉 빠져 온몸이 늘어졌다.

"하아."

좀 전에 볼품없는 능력이라고 생각했던 건 취소하기로 했다. 다른 건 몰라도 아이들을 잠재우는 능력만큼은 부러웠다. 이 레시핀지 뭔지를 배울 수도 있는 걸까? 슬기는 잠깐 진지하게 고민했다.

조용히 슬기를 관찰하던 걸리버가 갑자기 자신의 운동화 끈을 풀었다. 그리고 벨트에 꽂혀 있던 골동품 수준의 핸드폰 커버를 탁! 하고 열자, 핸드폰의 액정 화면에 초록색 불이 들어오면서 물리 버튼으로 된 키패드가 모습을 드러냈다.

준비를 마친 걸리버가 슬기에게 말했다.

"지금 머릿속에 떠오르는 숫자가 뭐야? 네 자리 수로."

"갑자기요?"

뜬금없이 어째서 그런 걸 묻는지는 모르겠지만, 왜냐고 묻기도 이젠 귀찮았다. 어차피 이유를 들어도 이해 못 할 것 같고.

슬기가 조심스럽게 대답했다.

"1016."

"애들 생일?"

"네."

"단순하네."

그래, 나 단순하다. 뭐 보태준 거 있냐? 또 생각으로만 하려던 말이 입 밖으로 나올까 봐, 슬기는 슬쩍 자신의 입을 막았다.

걸리버가 핸드폰의 숫자 버튼을 눌렀다. 1, 0, 1, 6. '삑삑' 하고 들리는 8비트 전자음은 아이들 장난감 소리 같기도 했다.

삑-

전화번호를 입력하지 않았으면서도 걸리버는 통화 버튼을 눌렀다. 그리고 슬기를 똑바로 쳐다보며 주문이라도 외우듯 말했다.

"네가 본 스리랑카랑 리스본 가네."

"??"

뚜루루루… 뚜루루루…

신호음이 걸리버와 떨어져 있는 슬기에게까지 들렸다. 도대체 네 자리 번호로 어디에 전화를 거는 걸까 싶어 의아해하고 있는데, 기계적인 톤의 음성 안내가 나왔다.

"안녕하십니까. 다.슬.기의 마음속입니다."

내가 방금 잘못 들었나? 슬기는 생각했다.

"일반 속마음은 1번, 지우고 싶은 기억은 2번, 간직하고 싶은 순간은 3번, 추잡스러운 상상은 9번…. 시간대 이동은 4번과 6번, 다시 듣기는 별표를 눌러주세요."

내 마음속이라니? 기가 막히고 코가 막혔다. 당황한 슬기가 팔을 내저으며 물었다.

"저, 저기 지금 이게 뭐, 뭘 하는 거예요?"

걸리버가 개의치 않고 숫자 버튼을 삑삑 눌러댔다. 삐이— 잠깐의 연결음에 이어 비명 같은 목소리가 핸드폰에서 터져 나왔다.

"왜!"

슬기의 목소리였다.

"왜 또 그러는 건데, 잘 먹어놓고 왜?!"

눈이 휘둥그레진 슬기가 중얼거렸다.

"이건, 내 목소리랑 똑같은데…?"

"당연하지. 아줌마 속마음이니까."

이게 정말 내 생각이라고? 슬기가 걸리버의 핸드폰에서 나오는 말에 귀를 기울였다.

"신기해! 내 아이들이라니. 이렇게 작고 이쁜데."

"더 이상은 무리야! 도대체 몇 번째야?"

"보고만 있어도 좋아. 나 정말 세상에서 가장 행복한 엄마 같아."

"내가 다 망쳤어! 난 최악이야. 최악의 엄마야."

슬기의 속마음은 마치 아수라 백작처럼 이랬다 저랬다를 반복했다. 복잡한 심경은 결국 자신에 대한 실망으로 이어졌다.

"더는 못 버티겠어. 다 사라져 버렸으면 좋겠어. 모든 걸 전부 되돌릴 수만 있다면…."

탁!

걸리버가 핸드폰 커버를 접어 전화를 끊었다.

모두가 한동안 말이 없었다. 슬기는 저런 건 내 속마음이 아니라며 우겨보고 싶었지만 그러지 못했다. 기억 속에 하나하나 너무나도 또렷하게 남아 있는 감정들이었기 때문이다.

걸리버가 불쑥 침묵을 깼다.

"쌍둥이야."

"뭐가요?"

어느새 걸리버의 눈매가 미스터리를 풀어낸 명탐정처럼 날카로워져 있었다.

"범인, 아니 추가 재료 말이야."

모두의 시선이 곤히 잠든 쌍둥이에게 향했다. 슬기가 불안한 눈빛으로 물었다.

"그럼 뭐, 뭐가 어떻게 되는 건데요?"

"어떻게 되긴, 원인이니까 없애야겠지."

놀란 슬기의 눈이 튀어나올 것처럼 커지자, 걸리버가 손사래를 치며 안심시켰다.

"걱정 마. 무시무시한 일이 생기는 건 아니니까. 우리가 뭐 조폭 같은 사람들도 아니고."

슬기가 한숨을 돌렸다.

"그렇죠? 난 또⋯."

"쌍둥이가 태어나기 전으로 되돌리기만 하면 돼."

"뭐라구요?"

"쉽지는 않아. 하지만 직전 행동을 취소시키는 '컨트롤+z 레시피'를 연 단위로 이용하면 불가능한 일도 아니지."

태어나기 전으로 되돌린다는 게 도대체 무슨 말인지. 컴퓨터 단축키로 뭘 한다는 거 같은데, 그게 쌍둥이랑 무슨 상관인지. 슬기는 잠깐 사이에 몇 번이나 뭘 어떻게 하겠다는 거냐며 되물었다. 걸리버의 말 자체도 수상했고, 흙빛으로 변한 김선생의 얼굴에서 무언가 잘못되어 간다는 것을 느낄 수 있었기 때문이었다.

김선생이 걸리버에게 슬쩍 다가가 작은 목소리로 말했다.

"저, 제가 잘 이해한 게 맞는지 모르겠는데요. 그러니까 올갱이, 아니 뭐냐. 다슬기 씨의 행동을 되돌린다는 말씀이세요?"

"응."

"언제까지요?"

"그야 쌍둥이가 생기기 전이지. 2년 정도면 충분할라나?"

걸리버가 슬기와 전기밥솥을 번갈아 쳐다보며 덧붙였다.

"원한다면 아예 결혼 전으로 되돌려 줄 수도 있고!"

"나물솥밥?!"

전기밥솥의 안내 음성이 비명처럼 터져 나왔다.

이제야 걸리버가 하려는 일을 이해한 슬기가 단숨에 쌍둥이를 안고 걸리버에게서 멀어지려 뒷걸음질을 쳤다. 거실 안에 이전까지와는 다른 성격의 긴장감이 흘렀다.

슬기가 고개를 저으며 걸리버에게 말했다.

"그, 그렇게는 안 돼요."

걸리버가 의아하다는 듯 물었다.

"왜? 다 사라져 버렸으면 좋겠다고 생각하지 않았어? 전부 되돌리고 싶다고."

"그건…!"

슬기가 뒷말을 잇지 못하자, 김선생이 걸리버 앞으로 끼어들며 슬기 대신 덧붙였다.

"그건 그냥 말이 그렇다는 거죠! 진짜로 되돌리길 원하시진 않는 거죠."

"니가 어떻게 알아?"

"예? 당연하죠. 그니까… 엄마잖아요! 애들 엄마."

어째 슬기보다 더 다급해진 김선생을 무시하고, 걸리버가 슬기에게 말했다.

"감쪽같이 되돌아갈 수 있을 거야. 깜빡이는 쌍둥이 엄마가 아니라, 다슬기의 삶으로."

"전부… 다요?"

슬기가 묻자, 걸리버가 고개를 끄덕였다.

"으으. 듣지 마세요! 다슬기 씨. 저, 저건 악마의 속삭임입니다! 뭔가 분명히, 어떤 다른 방법이 있을 거예요!"

"이 자식이 점점…. 아, 없다니까! 다른 방법은."

걸리버와 김선생이 마치 슬기 머릿속 천사와 악마처럼, 번갈아 가며 자신의 주장을 펼쳤다.

그러다 걸리버가 슬기를 바라보며 말했다.

"결정해! 되돌아갈 수 있는 마지막 기회야."

"……."

고개 숙인 슬기를 향해 전기밥솥이 걱정스러운 말투로 중얼거렸다.

"뚜껑 손잡이를… 닫아주세요…."

슬기는 말없이 잠든 아이들을 내려다봤다. 깨어 있을 때는 작은 악마였지만, 잠들어 있을 땐 작은 천사가 따로 없었다.

슬기가 입을 열었다.

"전부 되돌리고 싶냐구요?"

"……."

"맞아요…. 그럴 때가 있죠."

★

슬기가 붉게 충혈된 눈으로 베이비 캠 실시간 영상을 바라봤다.

화면 속 아기방에선 쌍둥이 1호가 엄마를 찾으며 울부짖고 있었다. 재우면 깨고, 재우면 깨고. 오늘 새벽에만 벌써 세 번째였다. 반쯤 잠든 상태의 슬기가 아기 침대 안에서 쌩쌩하게 기어다니는 쌍둥이 사이로 들어가 1호를 달랬다. 1호의 울음이 잦아들자, 법칙처럼 이번엔 2호가 칭얼거리기 시작했다. 자신도 안아달라는 거였다. 1호를 조심스럽게 내려놓고 2호에게 몸을 돌리는 순간, 뒤에서 쿵! 소리가 나면서 1호의 날카로운 울음이 터져 나왔다. 혼자 일어나려다가 범퍼 가드에 부딪혀 넘어진 것이었다. 곧바로 얼굴을 일그러뜨린 2호도 따라서 울어댔다. 한밤의 어둠 속에서 무한한 애정을 갈구하는 쌍둥이의 울음소리가 점점 커져만 갔다. 슬기는 정신이 아득해졌다. 지금 있는 곳이 꿈속인지 현실인지 잘 구분되지 않았다.

짝!

쌍둥이를 때렸다. 누구를, 어디를 때렸는지도 모르겠다. 아마 엉덩이나 다리쯤이었을 것이다. 놀란 쌍둥이는 숨이 넘어갈 듯 울기 시작했다. 하지만 누구보다 놀란 사람은 슬기 자신이었다. 아이들에게 손찌검을 한 건 처음이었다. 모든 게 무너지는 기분과 함께 최악의 엄마가 됐다는 죄책감과 부끄러움이 온몸을 뒤덮었다. 이 작은 아이들에게 나는 무슨 짓을 하고 있는 걸까? 아이들이 자라고 나서도 모든 걸 다 기억하면 어떡하지? 실망과 두려움은 곧 짜증이 되었다가, 스스로를 향한 분노가 되었다가, 이내 절망으로 변했다.

퍽, 퍽.

슬기가 자신의 머리를 주먹으로 세게 때렸다. 울음이 터져나와 고개를 침대 매트에 처박았다. 육체적으로도, 정신적으로도, 감정적으로도 지금의 자신은 예전에 비해 너무 달라진 것 같았다. 더는 버티지 못하겠다는 생각이 슬기의 머릿속을 지배했다.

문득 주변이 조용해졌다. 슬기가 눈물로 얼룩진 얼굴을 들었다. 어느새 울음을 그친 쌍둥이가 슬기를 멀뚱히 쳐다보고만 있었다.

"마빠."

1호가 슬기를 향해 기어 오더니 슬며시 품에 안겼다. 2호도 조심스레 다가와서는 안아달라며 두 팔을 뻗었다.

★

슬기가 세상 모르고 잠든 쌍둥이를 품에 가득 안았다.

작은 심장소리가 규칙적으로 들렸다. 이 순간만큼은 평화로웠다. 하지만 슬기는 알고 있었다. 잠시 후 아이들이 깨어나면 또 시작될 전쟁 같은 시간들을. 푸딩처럼 너무나도 작고 약한 존재들이 오직 자신 하나만을 바라보고 의지한다는 사실에 숨 막혀 하는 나날이 앞으로도 계속되리라는 걸.

한편으로는 가슴이 벅차오르기도 했다. 아이들을 보살피며 느끼는 충만함은, 그로 인해 숨이 막혀 죽어버려도 상관없다 싶을 정도로 거대했으니까.

지금껏 한 번도 솔직하게 털어놓은 적 없었다. 이런 마음을, 누구에게도.

슬기가 걸리버를 향해 말했다.

"가끔씩 미워한다고 해서 사랑하지 않는 건 아니에요. 그러니까, 돌아가지 않아요."

단단한 목소리였다.

"그리고 몇 번을 되돌아가든, 난 우리 쌍둥이를 또 만날 거예요."

슬기의 단호한 대답이 채 끝나기도 전에, 걸리버와 김선생은 어째선지 슬슬 뒷걸음질을 치기 시작했다. 김선생은 긴장된 얼굴로 지퍼 백을 열고 남은 오이 조각들을 한입에 모두 털어 넣었다.

깜빡깜빡.

슬기가 습관처럼 형광등을 올려다봤다. 하지만 이번에도 깜빡이는 건 형광등이 아니었다.

"어, 어?"

슬기가 어느새 자신이 깜빡이고 있으며 깜빡이는 속도가 어느 때보다도 빠르다는 것을 눈치챘을 무렵,

펑!

폭발이 일어났다.

벽면과 바닥, 가구와 집기 등 온갖 사물이 도로 뒤집혀 원래의 모습으로 돌아왔다. 이번에도 모든 일이 눈 깜짝할 사이에 벌어졌기 때문에, 그 과정을 체감할 수는 없었다.

그저 얼떨떨할 뿐.

"빠빠!"

되돌아온 집 안의 모습에 가장 먼저 반응한 것은 어느새 잠에서 깬 쌍둥이였다. 소파 위에 멀쩡히 앉아 있는 남편을 발견한 것이었다. 남편이 감격한 투로 말을 더듬었다.

"여, 여보…. 이, 이게 어떻게."

워낙 순식간이라 아무도 직접 보진 못했지만, 남편은 -42, Em, #ffd700색이 되었다가, 막 본래의 모습을 되찾았다.

"여보!"

슬기가 쌍둥이와 함께 남편을 껴안았다. 곁에 있을 때는 그렇게 꼴 보기가 싫었고, 사라졌을 때는 그립다기보다 당황스러웠을 뿐이지만, 막상 이렇게 돌아오자 눈물이 펑펑 났다.

슬기가 남편의 이곳저곳을 살피며 물었다.

"정말 돌아온 거지? 괜찮지? 다친 데 없지?"

"응. 그런 것 같아."

아삭, 아사삭!

감동의 재회를 깬 것은 오이 씹는 소리였다.

전문가다운 민첩함을 발휘해 그새 화장실에 숨어들었던 걸리버와 김선생이, 본래의 모습으로 돌아온 거실을 확인하고 밖으로 나온 것이었다. 남편을 발견한 김선생이 삿대질까지 하며 말했다.

"어, 남편이다. 남편."

슬기가 어리둥절한 표정을 지으며 물었다.

"갑자기 뭐가 어떻게 된 거죠?"

"뭐긴 뭐야. 깜빡임 레시피가 또 발생한 거지."

걸리버가 대답했다. 슬기는 다시금 불안해졌다.

"그럼… 아직 해결된 게 아닌가요? 우리 애들이 사라지진 않는 거죠?"

걸리버가 날카로운 눈빛으로 슬기를 바라보며 말했다.

"쌍둥이가 위험하다는 내 생각에는 변함이 없어. 이대로 계속 같이 있으면 또 언제 깜빡이게 될지 모르지."

슬기가 어두운 표정으로 쌍둥이를 쳐다보고 있는데,

걸리버가 덧붙였다.

"다만…."

"다만?"

"앞으로 몇 가지 주의 사항만 지키면 괜찮을 수도 있지."

"주의 사항이요? 그게 뭔데요?"

슬기와 남편의 간절한 눈빛이 걸리버에게로 향했다. 잠시 뜸을 들이던 걸리버가 입을 뗐다.

"바닐라라테."

"네?"

"최소한 일주일에 한 번은 카페에 가서 바닐라라테를 마셔. 아이스로."

슬기가 어리둥절한 표정으로 걸리버를 쳐다봤다. 걸리버는 거실을 어슬렁거리며 대단한 비밀이라도 알려주듯이 주의 사항을 하나하나 천천히 읊었다.

"테이크아웃은 안 돼. 혼자, 카페에서 최소 두 시간 이상을 보낼 것! 찬밥에 김 대충 싸서 먹지 말고, 제대로 된 밥을 차려서 먹어. 주말엔 무조건 최소 일곱 시간을 통으로 자도록 해. 그럴 수 있으려면…"

걸리버가 남편을 손가락으로 콕 집어 가리키며 말했다.

"남편이 적극적으로 육아에 동참해야겠지."

"아니, 근데…"

"그러지 않으면!"

무어라 변명하려던 남편을 재빨리 가로막으며, 걸리버가 말을 이었다.

"다음번엔 믹서기가 될 수도 있으니까 말이지."

모두가 고개를 돌려 믹서기를 쳐다보았다. 남편은 잠깐 믹서기가 된 자신의 모습을 상상했다. 그러곤 침을 꼴깍 삼키며 입을 다물었다.

걸리버가 슬기에게 말했다.

"주의 사항 잘 지켜. 알겠어, 다슬기 씨?"

슬기가 고개를 끄덕였다.

걸리버의 말을 내내 조용히 듣고 있던 김선생이 고개를 갸웃거리며 끼어들었다.

"저… 혹시, 바닐라라테나 찬밥에 무슨 특수한 성분이라도…"

"… 넌 대체 어떻게 조사원이 된 거냐?"

티격태격하는 두 조사원을 쳐다보던 슬기가 피식 웃었다. 그리고 자신의 품에 안긴 쌍둥이를 꼭 끌어안았다.

"이, 이봐. 당신들, 잠깐만!"

문득 남편이 버럭 화를 내며 조사원들에게 다가갔다.

"이렇게 쉽게 해결되는 일인데, 우리 애들을 없애야 한다고 난리를 피운 거야? 그러라고 협박한 거 아니냐고!?"

그런데 남편은 화를 내며 다가가면서도, 거실 곳곳에 떨어진 쓰레기들을 손으로 쓸어 한데 모으고 있었다.

슬기가 물었다.

"당신 뭐 해? 갑자기."

"어, 어?"

누구보다 당혹스러운 건 남편 본인이었다.

"모, 모르겠어. 왠지 그냥 이걸 치워야 한다는 생각이…. 아니, 내가 왜 이러지?"

남편은 어리둥절해하면서도 한 손으로는 바닥을 쓸고, 남은 한 손으로는 걸레질을 했다.

슬기의 곁으로 다가온 걸리버가 눈썹을 긁적이며 말했다.

"어쩌지? 부작용 같은데."

"부작용이라뇨?"

"가전제품이 되었을 때의 감각이 남아 있는 거지. 인간 반, 가전제품 반? 일종의 하이브리드랄까? 전에 김치냉장고가 됐던 남편은 지금도 틈만 나면 김장한다고 들었거든."

"하이브리드…요?"

슬기가 남편을 돌아봤다. 남편은 어느새 청소를 마치고, 밥을 하기 위해 쌀을 씻고 있었다. 세탁기는 이미 작동 중이었다.

"제, 제가 보기엔 괜찮은 거 같기도 하네요."

슬기가 슬쩍 미소 지었다.

★

김선생이 겉옷 안주머니에서 작은 휴대용 단말기를 꺼내 슬기에게 내밀었다.

"한번 읽어보시고, 여기 서명해 주시면 됩니다."

깜빡임 레시피(B급)

처리 결과—양호

조사원—걸리버, 김선생

본 서명은 위 레시피 처리의 완료를 확인하는 것을 목적으로 합니다. 서명 즉시 본건은 종결되며, 본건에 관한 일체의 재조사 요청은 불가합니다.

서명 이후 서명자는 본건과 동일하거나 유사한 사건의 재발을 막기 위해 최선을 다해야 하며, 본건과 관련한 레시피의 존재를 제 3자에게 알려서는 안 됩니다. 이를 위반할 시 국제레시피협약 제

17조에 따라 처벌을 받을 수 있습니다.

위 내용을 숙지하였음을 확인합니다. 한 번 서명하면 땡입니다.

(서명)

슬기가 서명을 마치자 김선생이 말했다.

"1년 후에 점검차 다시 방문할 거예요."

"아. 네…. 정말 끝나긴 한 거죠?"

슬기가 여전히 불안한 말투로 한 질문에, 김선생이 어깨를 으쓱이며 대답했다.

"그렇겠죠. 모로 가도 서울만 가면 된다잖아요."

소파에 앉아 서류 처리를 기다리고 있던 걸리버가 몸을 일으키며 물었다.

"끝났어?"

"네."

걸리버와 김선생이 현관으로 향했다. 그런데 조금 전부터 무언가 망설이고 있던 슬기가 둘의 등 뒤에 대고 외쳤다.

"저, 저기요! 잠깐만요. 한 번만요!"

"한 번만?"

"안녕하십니까. 쌍.둥.이의 마음속입니다."

걸리버의 핸드폰에서 다시 한번 음성 안내가 흘러나왔다.

쌍둥이의 속마음을 들어보고 싶다는 슬기의 부탁을 들어준 것이었다. 걸리버가 슬기에게 핸드폰을 건네주었다.

"직접 들어봐."

슬기가 핸드폰을 받아 들었다. 그리고 남편과 함께 잔뜩 긴장한 채로 그 안에서 들려오는 목소리에 귀를 기울였다.

도로 소파로 가 앉은 걸리버의 눈앞에 커다란 얼굴이 불쑥 나타났다. 김선생이었다. 그가 주저주저하며 말을 꺼냈다.

"저, 그런데… 그 컨트롤+z 레시피요. 직전 행동이 취소된다 는 거….'"

"…… 왜?"

"… 사실 아까 주차하다가 다른 차를 좀 긁었는데요. 그것도 혹시 되돌릴 수 있나 싶어서…. 외제 차던데.'"

걸리버가 한숨을 쉬더니 짧게 대답했다.

"…겠냐?"

"예?"

"있겠냐고, 그런 게.'"

김선생이 나중에야 걸리버에게 전해 들은 바에 따르면, 컨트롤+z 레시피는 존재하지 않았다. 쌍둥이가 태어나기 전으로 시간을 돌릴 필요도 없었다. 추가 재료는 따로 있었다.

"중첩된 감정."

"중첩요?"

"아이를 사랑할수록 그만큼의 걱정과 스트레스가 늘어나잖아. 그런 거 말이야. 늘 함께 있고 싶지만 1분도 같이 있기 힘든 거지. 그 마음을 인정하면 완벽한 엄마가 못 된다는 생각에 억눌러서 감추니까, 그걸 끌어내서 해결한 거야. 뭐, 같은 일이 다시 발생하지 말라는 법은 없겠지만, 이번에 감정을 한 번 쏟아냈으니 한동안은 괜찮겠지."

슬기와 남편이 음성 안내에 따라 쌍둥이의 일반적인 속마음을 들을 수 있는 1번 버튼을 눌렀다. 핸드폰 안에서 쌍둥이의 목소리가 흘러나왔다.

"… 먀마?"

"아아땨… 빼빼."

"까빠! 다아꺄빠빠…"

당연하게도, 알아들을 수는 없었다.

이윽고 걸리버와 김선생, 두 레시피 조사원이 돌아갈 채비를 마쳤다.

중간에 경찰들이 잠에서 깨어났지만, 김선생이 곧바로 수학 문제 레시피를 사용해 다시 재워버렸다. 이후에 깨어나면 어떻게 해야 하냐고 슬기가 묻자 김선생이 답하길, 레시피로 잠든

거라 이 집에서 있었던 일을 기억하지 못할 테니 적당히 둘러
대면 된다고 했다.

"그럼 조심히 들어가세요."

쌍둥이를 나눠 안은 슬기와 남편이 걸리버와 김선생에게
인사했다. 걸리버는 고개만 까닥거렸다. 그새 쌍둥이에게 정이
든 김선생은 아이들에게 오이 조각 하나씩을 건네며 말했다.

"너희들 엄마, 아빠 말 잘 들어라. 알았지?"

"빠빠!"

쌍둥이가 손을 흔들었다.

슬기가 아쉬움과 고마움을 담아 말했다.

"다음에 오시면, 그때는 꼭 차라도 대접할게요."

걸리버와 김선생이 서로를 잠깐 마주 보더니 대답했다.

"그러긴 어려울 겁니다."

현관문을 나서는 레시피 조사원 둘의 하와이안셔츠가 유난
히도 돋보였다.

원장 한해용.

하얀 의사복에 달린 명찰이 반짝였다. 한해용 원장은 상담 일지에 날짜를 적으려다가 고개를 들고 물었다.

"오이…요?"

맞은편에서 수염을 덥수룩하게 기른 50대 남자가 불안한 듯 제 입술을 뜯고 있었다. 그가 말했다.

"네. 오이요. 채소입니다. 원장님도 모르시죠? 처음 들어보셨죠?"

"예…. 수입 채소인가요? 음식 쪽에는 문외한이라."

남자가 고개를 흔들더니, 주변을 살피며 작은 목소리로 말했다.

"아닙니다. 원장님이 문외한이라서가 아닙니다. 제가 몇 년 동안 누구를 만날 때마다 물어보고 다녔는데, 아무도 오이를 모른다더군요. 말이 안 됩니다. 왜냐하면 원장님, 오이는요. 배추만큼 흔한 채소거든요. 그런데 언젠가부터 모두가 오이를 잊어버렸습니다. 저만 빼고요."

한해용 원장이 포스트잇과 펜을 건네며 말했다.

"한번 그려보실 수도 있나요? 그 오이라는 채소를, 본 적은 있으신 거죠?"

펜을 집어 든 남자가 그림을 그리기 시작했다. 말하는 속도가 점차 빨라졌다.

"봤냐구요? 예전에는 말입니다. 김밥에도, 콩국수에도, 암튼 수많은 음식에 오이가 들어갔습니다! 오이가 있어야 씹는 맛을 제대로 느낄 수가 있었어요. 그런데 지금은 아무 데도 없습니다. 시장이나 마트에서 안 파는 정도가 아니라 아예 그 존재 자체가 지워져 버렸어요. 원장님, 제가 미친 건가요?"

"뭐 그렇게 단정 짓긴 이르죠…."

한해용 원장이 남자가 그린 그림을 건네받았다. 표면이 울퉁불퉁한 기다란 원통이 그려져 있었다. 원통의 단면도 함께 그려져 있었는데, 안에 씨 같은 것이 들어 있는 모양이었다. 얼핏 보기엔 평범한 채소 같았다.

"… 존재하지 않는 것이 존재한다고 믿게 되는 현상은 간혹 일어납니다. 우리 뇌가 그렇게 만들기도 해요."

"저도 그런 거라면 좋겠습니다. 차라리 그게 나아요…. 진짜 무서운 이야기는 따로 있습니다. 제가 제 증상에 대해 인터넷 커뮤니티 여기저기에 물어보고 다녔더니, 어떤 사람이 알려준 이야기입니다."

"어떤 내용이죠?"

"그러니까 왜인진 모르지만, 이 오이라는 채소 때문에 세계에 종말의 위기가 닥쳤었다고 합니다. 그래서 또 어떻게 가능했는진 모르지만, 누군가가 그 위기가 일어나기 전으로 시간을 한 번 되돌렸다고 해요. 그때 종말의 원흉이 된 오이라는 존재를 사람들 기억에서 지워버렸다더군요."

"……."

잠시 할 말을 고르던 한해용 원장이 물었다.

"근데 그렇다면, 왜 선생님께서만 오이를 기억하시는 걸까요?"

"저도 그게 의문입니다. 그리고…."

남자가 두리번거리며 주변을 확인하더니, 속삭이듯 말했다.

"그 이야기를 듣고 난 뒤부터, 누군가가 저를 쫓고 있습니다. 도청을 당하는 것 같아서 핸드폰을 없애버렸어요…. 원장님, 제가 미쳐서 이런 생각을 하는 건가요?"

한해용 원장은 곤란한 표정을 지었지만, 그저 잠시뿐이었다. 그는 상담 일지에 무언갈 휘갈겨 쓰더니, 늘 그렇듯 차분하고 상냥한 투로 대답했다.

"일단은… 필요한 약을 좀 처방해 드릴 테니, 꾸준히 드셔보시죠. 그리고…"

한해용 원장은 마지막 한 마디를 덧붙였다.

"방법을 찾아보죠."

살아 있는
오이들의 밤

생각해 보면 나는 정말이지 죽을 뻔한 것이었다.

"오이가 얼마나 맛있는데 이걸 버려? 오이가 있어야 씹는 맛을 제대로 느낄 수 있다니까."

문제의 그날, 콩국수에서 오이를 덜어놓았다는 이유로 점심 시간 내내 내게 잔소리를 해대던 박 부장, 내가 덜어놓은 오이를 모조리 가져가 먹은 박 부장이, 회의 중에 피를 토해내며 죽은 뒤 되살아나 다른 직장 동료들의 살덩이를 씹고 있는 '저것'이 되었으니 말이다.

O바이러스 사태의 원인은 아직 알려지지 않았다. 어느 날 갑자기 수많은 사람들이 피를 토하며 죽었고, 그 즉시 되살아나 다른 사람들을 공격하기 시작했다. 쉽게 말해 좀비로 변했다. 흐리멍덩한 눈빛으로 개처럼 으르렁대다가 사람에게 덤벼들고, 그에게 물리면 좀비가 되고, 머리를 쏴야 죽일 수 있는 뭐 그런.

나는 그날 이후 3일째 회사 탕비실에 숨어 지내는 중이었다. 그러다 문득 O바이러스의 발생 원인을 깨달았는데, 좀비로 변하지 않은 이들에게 한 가지 공통점이 있다는 사실을 알게 된 덕분이었다.

탕비실 냉장고 안 샌드위치엔 지저분하게 베어 문 자국이
남아 있었다. 누군진 몰라도 빨리 사무실로 돌아가야 했었나
보다. 웬만하면 남이 먹다 남긴 음식은 먹고 싶지 않았지만 3일
째 물과 과자만으로 버티다 보니 이거라도 남은 게 어디냐 싶
어졌다. 유통기한을 이미 넘겼으니 하루라도 더 빨리 먹어치우
는 편이 차라리 현명한 거라는 생각도 들었다.

탕비실에는 나 말고도 두 명의 회사 동료가 더 있었다. 좀
전에 샌드위치를 3등분해서 건네자, 연구 팀 남모 씨는 "저는
오이 안 먹거든요"라며 거절했다. 이름을 숨기려고 하는 게 아
니라 실제로 이름이 '모'였다. 여러모로 피곤하겠다 싶었다.

"어. 저돈데!"

이 목소리 큰 사람은 영업 팀 정 대리. 그리고 이 둘의 대화
를 들으며, 나도 오이를 먹지 않는다는 걸 말해야 하는지 말아
야 하는지 고민했던 신중한 사람이 바로 나, 오…

"오 대리님도 오이 안 드세요?"

"… 네."

나, 오 대리다.

"대박! 초대박! 이렇게 오이 안 먹는 사람들만 모이기도 쉽
지 않은데…!"

정 대리가 호들갑을 떨었다. 나는 그의 입을 손으로 막아 말을 끊었다.

"쉿. 죄다 모이게 할 생각이에요?"

"아, 죄송해요. 조용, 조용⋯."

우리는 다시 숨을 죽였다. 우리가 조용해지자 탕비실 문 밖 어딘가에서 오도독 뼈 씹는 소리만 들렸다. 나는 그 소리가 듣기 싫어서 오이를 뺀 샌드위치를 한 입 깨물었다. 남이 씹은 자국을 피해서.

남모 씨가 물었다.

"핸드폰 충전 다 하셨어요?"

"네. 쓰세요."

다행이라면 다행일까. 바이러스가 창궐한 지 3일이 지났는데 전기와 인터넷 연결은 아직 끊어지지 않았다. 다만 탕비실에는 핸드폰 충전기가 하나뿐이라 번갈아 가며 충전해야 했다. 나는 충분히 충전된 핸드폰으로 하루에도 수백 번은 반복하는 일, '좀비'에 대한 정보 검색을 하기 위해 SNS 앱을 켰다. 포털 사이트 뉴스들은 더 이상 업데이트되지 않아 SNS만이 최신 정보 전달 기능을 발휘하고 있었다. 끔찍한 내용들이 대부분이었지만, 살아남은 사람들은 계속해서 새로운 정보들을 업로드했다. 그에 따르면 O바이러스는 우리나라에만 퍼진 것이 아니고, 전 세계에서 좀비가 최초로 발생한 시간은 3일 전 박 부장을 비롯해 회의하던 직원들이 연이어 피를 토하며 쓰러졌던 시간과 거의 일치하며, 서울을 비롯한 지구상 대부분의 도시는 사실상 초토화되었다. 이런 정보들은 상황을 파악하는 데 도움이 됐지만, 한편으로는 믿을 수 없거나 잘못된 정보들도 많았다. 연예인 누가 좀비가 된 것을 봤다든가, 이 사태가 북한의 소행이라든가 하는 유언비어가 진짜 정보와 섞였다. 무엇이 제대로 된 이야기인지 구별하기가 점점 더 어려워졌다.

검색 결과를 확인하던 나는 인기 검색어 태그에 엉뚱한 내용 하나가 새롭게 올라온 것을 발견했다. 그것은⋯.

#오이먹지마

오이? 좀 전에 동료들과 나눈 대화를 떠올리며 태그를 눌러봤지만 로딩 중임을 알리는 둥근 이미지가 계속 돌아갈 뿐이었다. 한두 번 뒤로 돌아갔다 다시 태그를 눌러봐도 마찬가지였다. 배터리 잔량 옆의 안테나 표시가 어느새 사라져 있었다.

"정 대리님, 인터넷 돼요?"

"네? 어? 아니 잠깐만요."

이 판국에도 핸드폰 스도쿠나 처하고 있던 정 대리는 인터넷 연결이 끊겼다는 사실을 뒤늦게 알았고,

"저도 안 되네요."

충전 중이던 남모 씨의 핸드폰도 인터넷 연결이 되지 않는 것은 마찬가지였다.

254

도대체 그 태그는 뭐였을까. 오이를 먹지 말라는 게 무슨 뜻일지 나는 고민하기 시작했다. 배는 고프고, 성격 안 맞는 세 사람이 같이 할 일은 딱히 없고, 무엇보다 무서워서 잠이 안 오니 뭐라도 생각하지 않으면 미칠 것 같았다. 그러다 떠올린 것이 바로 초반에 이야기했던 대로, 살아남은 우리 셋에게 오이를 먹지 않는다는 공통점이 있다는 것이었다.

문제의 그날, 박 부장은 점심에 오이를 먹었다. 내 것까지 죄다 가져다 먹었다. 그가 회사 사람들 중에서 가장 먼저 좀비가 된 것이 우연일까? 살아남은 세 사람이 모두 '오이 헤이터(hater)'라는 것이 정말 우연일까? 아니면 그냥 내 머리가 이상해진 걸까?

나는 결국 생각한 바를 말하고 말았다. 그러자,

"괜찮아요?"

정 대리가 내 이마를 짚으며 물었다. 한숨이 나왔다. 나는 정 대리의 손을 치우며 대답했다.

"지극히 정상입니다."

"물론 이런 구성으로 모인 게 대박이라고, 예. 제가 그런 얘기를 하긴 했지만, 에이~ 아무리 그래도."

"제가 봤다니까요. '#좀비_약점', '#안전지역' 이런 태그들이랑 같이 '#오이먹지마'가 왜 있었겠냐고요."

"뭐 SNS에 그런 애들 많잖아요. 괜히 장난으로…"

"이 판국에 누가 그런 장난을 해요? 다 자기 같은 줄 아나."

정 대리와 내가 괜한 말다툼을 하는 동안, 아까 샌드위치에서 빼내버린 오이를 뚫어져라 살피고 있던 남모 씨가 안경을 고쳐 쓰며 입을 열었다.

"쿠쿠르비타신."

남모 씨의 뜬금없는 주문 시전에, 나는 '이 사람이 미쳤나' 싶어 그를 쳐다봤다. 정 대리도 같은 생각인 듯했다. 남모 씨는 자신의 이마를 짚으려는 정 대리의 손을 걷어내며 말을 이어갔다.

"가능성이 없진 않아요."

아직 말을 안 했던가, 우리 회사는 식품 회사다. 정확히 말하면 26년간 만두류 생산에만 전념해 온 국내 최대 만두 전문 업체로서 '믿을 수 있는 맛, 정직한 맛'을 사명으로 삼아 건강한 식생활 문화에 앞장서는⋯ 암튼 그런 기업이다. 그리고 남모 씨는 식품 연구 팀의 일원으로 식품공학 전공자이기도 했다. 그가 말했던 건 마법 주문이 아니었다. 뭐더라, 꾸꾸르⋯ 다신?

"쿠쿠르비타신이요. 대부분의 사람들은 오이에서 쓴맛을 감지하지 못하지만, 오이를 먹지 못하는 사람들은 그걸 느끼고 싫어하는 경우가 많죠. 바로 이 쓴맛이 오이의 중요한 기능성 성분인 쿠쿠르비타신 때문에 납니다. 그리고 이건 사실⋯ 독성 물질이에요. 동물로부터 스스로를 보호하기 위해 오이가 만든 물질이죠."

내가 물었다.

"오이에 일종의 독이 있다는 말인가요?"

"네. 하지만 이 성분은 암세포 전이를 막고, 암을 예방하기도 하는 등 인간들에겐 보통 좋은 효과를 내죠."

"몸에 좋은 거네. 에이. 그래도 싫더라, 나는."

정 대리가 추임새를 넣었다.

"사실 우리 같이 오이를 먹지 않는 사람들은 쿠쿠르비타신에 예민한 사람들일 가능성이 높아요. 그건 유전적인 문제예요. 7번 염색체에 존재하는 'TAS2R38' 유전자의 타입이 보통 사람들과는 다른 거죠."

나는 낯선 지식을 술술 풀어내는 남모 씨에게 감탄했다.

"그걸 어떻게 다 외워요? 아무리 전공이라고 해도."

남모 씨가 날카로운 눈빛으로 나를 보며 대답했다.

"전공과는 상관없어요. 온갖 데서 하도 오이 먹어보라는 소리를 해서. 과학적인 근거로 조지면 해결되거든요."

"아…."

"그러니까 오이를 못 먹는 건 취향이 아니라, 유전적인 차이의 문제입니다. 오이 먹으라고 하지 좀 마세요' 이렇게요."

실로 정성 들인 반격이 아닐 수 없었다. 솔직히 좀 눈물이 날 뻔했다. 오이로 인해 귀찮고 힘들었던 과거에 대한 보상을 한꺼번에 받는 느낌도 들었다. 정 대리도 남모 씨의 말에 크게 공감이 되었는지 대꾸 없이 고개만 끄덕일 뿐이었다. 우리는 3일 만에 탕비실에서 하나 됨을 느꼈다.

하지만 감동은 잠시. 중요한 의문점이 새로 떠올랐다.

"그렇다면 쿠쿠르비타신이 좀비 발생에 영향을 미쳤다고 봐도 되는 걸까요?"

"글쎄요. 그것까진 저도···. 하지만 좀비 발생이 오이에 영향을 받았다는 게 과학적으로 아주 근거 없는 말은 아니란 얘기를 하고 싶었습니다."

그 이상의 추측은 어려웠다. 마주 앉은 우리는 또 잠시 조용해졌다. 바닥에 버려진 네 조각의 샌드위치용 오이가 더욱 흉물스럽게 느껴졌다.

정적을 끊은 건 역시나 또 정 대리였다.

"어릴 때요···. 학교에서 수련회나 어디 갈 때 김밥 단체로 시키잖아요."

"어, 나 알아요."

말문이 트인 남모 씨가 대화를 이어갔다.

"오이나 당근 크게 든 거 걸리면, 어휴."

"그쵸? 진짜 싫었다니깐요. 빼고 먹으면 편식한다고 또 뭐라 하고. 근데 남모 씨도 당근도 안 먹어요?"

"네."

"어, 나돈데! 오 대리님도 설마?"

난 당근은 먹었지만, 단합된 분위기를 굳이 깨고 싶지 않아 고개를 젓는 걸로 대답을 대신했다.

"대박! 아 맞다. 조용히 대박⋯. 전 그런 적도 있어요. 서브 웨이 샌드위치에 분명히 오이랑 피클은 빼달라고 했는데⋯."

어느새 죽이 맞은 정 대리와 남모 씨는 자신들의 오이 수난 기에 대해 말하기 시작했다.

하지만 그들보다 조금 더 이성적이고 침착한 나는, 오이가 좀비와 무슨 상관인지는 몰라도, 오이가 이 문제를 발생시킨 원인이라면 이 문제를 해결할 수 있는 열쇠도 오이가 아닐까 생각하고 있었다. 혹시 모른다 싶어 샌드위치에서 빼냈던 오이 를 냉장고에 도로 넣어두었다.

하지만 그 이상 무엇을 할 수 있었을까? 인터넷 연결도 되 지 않고 먹을 것도 떨어져 버린 좁은 탕비실에 고립된 우리 세 사람이, 앞으로 얼마나 더 버틸 수 있을지 고민하기에도 충분 히 벅찬 상황이었다.

깜빡 잠이 들었다. 고립된 지 일주일째였다. 어제부터는 물 밖에 먹지 못했다. 이제는 건물 내 전기도 나가버려 시간을 확 인할 때 빼고는 핸드폰을 함부로 켜지 않았다. 오후 10시 20분 이었다. 평소였다면 자기 전에 침대에서 넷플릭스로 좀비 드라 마나 보고 있었을 시간인데, 그 드라마의 주인공이 되어버렸다고 생각하니 우스웠다. 한동안 친하게 지내던 정 대리와 남모 씨는 어제부터 멀리 떨어져 등을 돌린 채 잠들었다. 양말 안에 땅콩과자를 숨겨놓고 몰래 혼자 먹다가 들켰기 때문이다. 물론 정 대리가 말이다.

그때였다. 분명 박 부장이었다. 탕비실 문밖에서 박 부장 특유의 어슬렁거리며 샌들을 끄는 소리가 점차 가깝게 들려왔다. 평소 일할 때 질색했던 소리였기에 확실했다. 안쪽에 있는 우리의 존재를 눈치채고 다가왔지만 일단 문이 닫혔으니 바깥에 머물면서 기회를 엿보는 듯했다. 나는 숨까지 멈추고 소리를 죽였다. 그 순간.

"아이 씨! 오이는 빼달라니까."

정 대리의 잠꼬대였다. 문밖에 굶주린 좀비가 있는데 저렇게 큰 소릴 내다니. 입을 막아 닥치게 하려는데 박 부장이 먼저 반응했다.

"크아앙!"

한번 눈치를 챈 좀비는 웬만해선 멈추지 않았다. 박 부장의 계속되는 울부짖음에 응답이라도 하듯, 다른 좀비들의 울부짖음이 메아리처럼 울렸다. 자다 깬 정 대리는 이 갑작스러운 상황을 알아채고는, 먼저 깨어 있던 나에게 되레 원망의 눈빛을 보냈다.

"오 대리님! 이게 대체 어떻게?!"

"내가 묻고 싶다! 잠꼬대가 웬 말이야, 잠꼬대가!"

"냉장고로 문을 막아요!"

그나마 침착해 보이는 남모 씨가 냉장고를 잡아끌며 말했다. 겨우 힘을 합쳐 냉장고를 문 쪽으로 밀고 있는데, 박 부장이 미친 듯이 문을 흔들어댔다. 결국 문고리가 부서지며 잠겨 있던 문이 열려버렸다.

"밀어!"

내 외침에 따라 셋이 함께 냉장고를 쓰러뜨려 박 부장 앞을 가로막았다. 아슬아슬했다. 냉장고 안에 있던 것들이 우르르 밖으로 쏟아져 나왔다. 아직은 안심할 수 없었다. 정 대리와 나는 냉장고를 밀며 문이 활짝 열리는 것을 막고자 애썼지만, 박 부장은 좀비가 되어 회춘이라도 한 것인지 50대 후반인 주제에 엄청난 힘으로 벌어진 문틈을 사수하고 있었다. 급기야 좁은 문틈에 자신의 일그러진 얼굴과 어깨를 일부 끼워 넣었다. 피로 얼룩진 얼굴과 새빨갛게 충혈된 눈, 우리를 깨물려 하는 필사적인 턱짓과 날카로운 이빨은 가히 압도적이었다.

정 대리는 나보다 박 부장과의 거리가 멀었음에도 겁내고 피하느라 냉장고를 제대로 밀지 못했고, 그 탓에 문틈은 점차 넓어지고 있었다. 무언가 해야만 했다. 나를 향한 박 부장의 격렬한 턱운동을 보고 있자니, 일전에 그가 했던 말이 에코 효과를 잔뜩 매단 채로 들려오는 듯했다.

"오이가 얼마나 맛있는데 이걸 버려… 버려… 버려…? 오

261

이가 있어야 씹는 맛을 제대로 느낄 수 있다니까… 니까… 니까…. 오이… 오이… 오이….”

괜한 부아가 치밀어 올랐다. 냉장고에서 쏟아져 나온 오이를 보니 더 그랬다. 그러게 왜 내 오이까지 처먹어서는, 이게 다 무슨 꼴이야. 게다가… 오이를 안 좋아하는 건, 꾸르르비타신과 염색체가 어떻고 해서, 암튼 유전적인 문제라잖아!

나는 바닥의 오이를 집어 박 부장의 얼굴에 던지며 외쳤다.

“너 다 처먹어라!”

집어 던진 네 조각의 오이 중 두 조각이 절묘하게도 박 부장의 벌어진 입안으로 쏙 들어갔다. 박 부장은 그걸 씹지도 않고 삼키는 것 같았다.

쿠당탕!

남모 씨였다. 어디 구석에라도 숨으러 간 줄 알았는데 아니었다. 냉장고가 있던 자리에 세워진 사다리를 발견한 남모 씨가 사다리를 펴는 소리였다. 곧이어 그가 천장 패널을 때려 부수자 환풍구가 모습을 드러냈다.

오오! 올해 초 사주를 보니 북쪽에서 온 귀인을 만날 거라 했었는데. 이따 남모 씨가 어디 사는지 물어봐야겠다는 생각을 그 순간 잠깐 했다.

“빨리요!”

남모 씨가 환풍구 안으로 들어가며 외쳤다. 도망칠 때는 누구보다 빠른 정 대리가 먼저 사다리를 타고 따라 들어갔고, 내가 그 뒤를 이었다.

무사히 환풍구로 들어선 뒤, 사다리를 발로 차 쓰러뜨리려는 찰나에 무언가가 내 눈에 들어왔다. 기어이 탕비실 안으로 들어온 박 부장이 배를 잡고 고통스러워하는 모습이었다. 어쩐지 빨리 따라오지 않는다 싶었는데 아까부터 상태가 좀 이상했던 것이다.

그리고 그 순간,

펑!

폭발음과 함께 박 부장이 터져버렸다. 그의 파편이 탕비실 사방으로 튀었다. 우리는 움직임을 잠시 멈추고 여러 가지를 느껴야 했는데, 공통적으로 감지한 것은 박 부장의 파편에서 오이 냄새가 엄청나게 난다는 것이었다. 나는 확신하게 되었다. 박 부장은 정말로 오이 때문에 좀비가 되었고, 오이 때문에 폭발했다는 걸.

이러한 나의 가설을 증명해 볼 수 있는 기회는 오래지 않아 찾아왔다. 환풍구를 따라 이동해 도착한 곳이 다름 아닌 식자재 보관 창고였기 때문이었다. 그곳에는 먹을 수 있는 채소들이 많았고 물론 오이도 있었다. 그것도 대량의 박스째로.

며칠 뒤 SNS의 인기 검색어에 새로운 태그가 올라왔다.

#오이로_좀비퇴치

영미는 수습사원이었다. 아직은.

어린이날, 어버이날 등이 몰린 가정의 달 보너스를 주기
싫어서 3개월인 수습 기간을 특별히 열흘 연장해 5월 9일
부터 정직원으로 채용하려 한다는 회사의 잔머리에 대해
알게 되었을 때는, 그 치사함에 정나미가 꽤나 떨어졌었다.
그래도 이 회사는 26년간 만두류 생산에만 전념해 온 국내
최대 만두 전문 업체였기에 그만둘 생각은 하지 않았다. 문
제는 영미가 자신의 책상보다, 탕비실 한편의 복사기 앞에
서 보내는 시간이 더 많다는 점이었다.

372장.

이틀 전엔 390장, 어제는 385장이었다. 변하는 건 숫자
뿐이었다. 오래된 복사기의 덜컹거리는 소리도, 출력되는
종이 끝이 살짝 구겨지는 모양도, 복사된 종이의 미지근함
도 언제나 똑같았다.

복사해야 할 서류는 그때그때 달랐다. 보통은 홍보 자
료나 회의 자료였다. 처음엔 그게 뭐든 월급만 잘 받으면

되지 싶었지만, 날이 갈수록 의아함이 커져갔다. 아니 대체 만두 회사에서 서류를 왜 이렇게 많이 복사하는지, 도대체 이걸 다 어디에 쓰는지가 궁금해 선배들에게 물어보기도 했다. 물론 정확한 대답은 듣지 못했다. 그저 다 쓸데가 있다고만 했다. 그럴 때마다 영미는 자신과 3개월짜리 대여 복사기의 처지가 과연 얼마나 다른가 자문하곤 했다.

"영미 씨. 영미 씨!"

"네?!"

과장의 다급한 목소리에 놀라 고개를 들어보니, 탕비실 문 너머로 보이는 책상에 앉은 과장이 손가락을 까딱이고 있었다. 까딱이는 속도로 보아 급한 일인 듯했다. 저놈의 못생긴 손가락! 영미가 속으로 외쳤다. 남들이 안 보는 곳에서는 늘 살짝 구겨 신는 구두를 도로 똑바로 고쳐 신고 과장에게로 뛰다시피 향했다.

"부르셨어요?"

"이거, 선물."

과장이 영미의 손에 뭔가를 쥐여주었다. 과자 봉지였다. 언제 쓴 건지 정확히 알 수 없는 휴지와 껌 종이가 들어 있는 과자 봉지. 영미는 멍하니 그것을 바라보았다. 과장은 턱짓으로 탕비실 옆에 있는 쓰레기통을 가리키며, 재치 있지 않았냐는 듯 미소 지었다.

"가는 길에 쫌."

"아~ 하. 하."

영미는 억지웃음을 들키지 않으려고 오히려 소리 내어 웃었다. 과장의 빌어먹을 선물을 쓰레기통에 처넣고 탕비실 복사기로 돌아오면서, 영미는 이 수습 기간이라는 것이 어쩌면 참을성을 기르는 기간일지도 모른다고 생각했다. 그래서 꾹 참았다. 지난 3개월 동안 영미는 늘 지정된 출근 시간보다 20분씩 일찍 출근해서 사무실과 탕비실을 정리 하였으며, 회식 자리에 모두 참석해 4차든, 5차든 무조건 끝까지 자리를 지켰다. 오로지 하나의 이유 때문이었다.

"정직원만 돼봐라."

영미는 이를 꽉 깨물었다. 3개월짜리 복사기가 될 생각 은 추호도 없었다.

그리고 어제의 일이었다.

482장의 복사를 하고 집에 들어가자, 엄마가 말했다.

"니 오빠 취직했다더라."

"어딜? 또 저번처럼 알바하면서 취직했다 말하는 거 아 니고?"

"비바식품인가? 그 롱롱 만드는 데래."

"헐. 말도 안 돼…."

할 줄 아는 거라고는 힘쓰는 것밖에 없는 덩치 큰 바보가 4년제 대학 식품 관련 전공자인 나를 서류 심사에서 광탈시킨 비바식품에 붙었다니. 영미는 믿을 수 없었다. 또 어디 비바호프 같은 데서 알바하면서, 영미를 열받게 하려고 허풍 떠는 것일지도 몰랐다.

구라면 뒤진다

오빠에게 카톡을 보냈더니, 잠시 후 비바식품 빌딩을 배경으로 찍은 사진이 한 장 날아들었다. 진짜였다.

"씨발!"

욱하는 마음에 집 앞 편의점에서 맥주를 한 캔 사 마셨고, 한 캔이 곧 두 캔이 됐고, 세 캔을 살 바엔 네 캔을 12000원 할인가로 사는 편이 나으니까, 그리고 그에 비하면… 이러다 보니 맥주에, 와인에, 소주까지 마셨다. 3개월간 쌓인 스트레스가 폭발한 탓이었다.

이튿날 영미는 늦잠을 잤다. 숙취로 깨질 듯 아픈 머리를 부여잡고 택시를 잡으려 했지만 출근 시간이라선지 잘 잡히지 않았다. 지하철역을 향해 헐레벌떡 뛰는데, 반대편 골목에서 산발머리를 한 여고생 하나가 나타났다. 지각생인 듯한 그 여고생은 엄청난 속도로 내달렸다. 그러더니 뭐랄까, 누가 뒤에서 밀기라도 하듯 붕 뜬 채로 순식간에 코

너를 돌아 사라졌다. 영미는 생각했다.

망할, 아직 술이 덜 깼나.

아슬아슬하게 정시 출근에 성공했다. 술병 때문인지 화병 때문인지 모르겠지만, 점심시간까지도 영 식욕이 생기지 않았다. 그런데 오후 시간이 되니 배가 고파왔다. 점심시간에 편의점에서 사 온 샌드위치를 탕비실 냉장고에서 꺼냈다.

그리고 주변의 눈치를 보며 한 입 크게 깨물었다.

아삭.

오이였다. 오이라면 질색인데 많이도 들어 있었다. 어쩔 수 없이 겨우 삼켰는데, 복사기가 비명을 질러댔다.

덜컹, 삐. 삐. 삐!

용지 중간에 섞여 들어간 구겨진 이면지 때문에 복사기가 멈춰버린 것이었다. 재수가 없으려니까! 끼어 있는 종이를 억지로 꺼냈다. 어찌나 꽉 끼었는지 빼려다 보니 종이가 조각조각 찢어져 나갔다. 순간 짜증이 머리끝까지 났지만, 고혈압으로 돌아가신 외할아버지를 생각하며 잠시 마음을 다잡았다.

찢긴 이면지를 버리려는데 거기에 적힌 문장 하나가 유독 눈에 들어왔다.

정확히 말하면 구겨진 이면지의 흐릿한 글자들과 새로 인쇄되다 만 글자들이 겹쳐져 만들어진 문장이었다. 그런데 우연히 만들어진 것치고는 묘하게 말이 됐다.

게다가 자세히 보니 이 문장은 회문(回文)이었다.

책에서 본 적이 있었다. 그러니까, '다리 그리고 저고리 그리다', '네가 본 스리랑카랑 리스본 가네', '가련하시다 사장 집 아들딸들아 집 장사 다시 하련가'처럼 제대로 읽어도 거꾸로 읽어도 같은 내용이 되는 문장 말이다. 아니, 우연히 회문이 만들어졌다고? 구겨진 이면지 위에 새로 인쇄된 글자가 겹쳐져서?

또 누가 장난이라도 치는 건가 싶어 탕비실 밖으로 고개를 빼고 두리번대 봤지만, 사무실엔 휴지에 코를 풀고 있는 과장과 식곤증을 이기지 못하고 꾸벅이는 영업 팀 대리 한 명뿐이었다. 이상한 일이었다.

"여보 마이클 이마 보여."

영미가 이면지를 보며 중얼거렸다. 속으로만 생각한다는 게 입 밖으로 나와버렸다. 가끔 그랬다. 그게 다였다.

"영미 씨! 영미 씨! 으아악!"

탕비실 밖에서 누군가가 다급하게 영미를 불렀다. 보나

마나 또 농이나 치려는 수작이겠지 싶었지만 무시할 수 없었다. 영미는 먹다 만 오이 샌드위치를 냉장고에 다시 넣어두고 탕비실 밖으로 나갔다.

　수습 기간이 이제 일주일도 채 남지 않은,

　어느 평범한 날 오후였다.

작가의 말

제 일상은 무척 심심합니다. 대부분의 시간을 집에서 이런 저런 글을 쓰면서 보내니까요. 그러다 보니 기분 전환 삼아 산책을 자주 나가게 되는데요. 그때마다 종종 이런 상상을 하곤 했습니다. 매일 같은 자리에 모여 있는 저 비둘기들이 정말 비둘기가 맞을까? 누구도 시도하지 않은 서브웨이 샌드위치 재료 조합에 수상한 비밀이 있진 않을까? 맨홀 뚜껑의 복잡한 무늬가 어째 보물 지도처럼 보이는데? 야외 운동기구에 진심이신 저 어르신은 어쩌면 접선을 기다리는 비밀 요원?

참 쓸데없다 싶은 상상을 이어가다가 문득 이런 생각을 했습니다. 평범한 일상들이 우연히 낮은 확률로 조합되어 신비한 일을 발생시킨다면? 그런 조합을 '레시피'라고 부른다면? 저는 일상에 깃들어 있을지 모를 비밀을 바탕으로 몇 가지 이상한 이야기들을 떠올렸고, 그걸 한데 엮어본 것이 바로 《레시피 월드》입니다.

〈방귀 전사 볼빨간〉은 10년 넘게 함께 지내면서도 아직 방

271

귀를 트지 못한 저와 동거인에게서 힌트를 얻은 이야기입니다. 민지가 작중에서 말했듯, 방귀는 그저 장내 발효과정에서 생성된 가스가 배출되는 자연스러운 생리현상일 뿐이죠. 압니다. 머리로는 이해하겠는데, 가슴으로 받아들이긴 어려워서 결국 감추게 되는 게 방귀더라고요.

방귀라는 우스꽝스러운 은유를 사용하긴 했지만, 이 이야기는 남들에게 쉽게 드러내지 못할 사연을 품었거나, 사회적 편견이 드리운 그늘에 가려져 빛을 보지 못하는 이들을 향한 것이기도 합니다.

제가 가장 좋아하는 장면 중 하나는 탐관오리백숙 식당 직원이 친구들을 구하러 가는 홍에게 옥수수와 감자를 챙겨주는 장면입니다. 친구들을 구한 뒤 함께 나눠 먹으라면서요. 기억하시나요?

〈깜빡이는 쌍둥이 엄마〉는 육아를 경험하셨거나 경험 중이신 편집자분들께 가장 큰 호응을 얻었던 이야기지만, 동시에 무척 어려운 숙제 같은 글이기도 했습니다. 그도 그럴 것이 저는 아이를 직접 키워본 적이 없거든요. 그렇다 보니 주변 분들의 육아 경험, 인터넷상의 육아 관련 글과 영상을 참고하고 공부해야 했습니다. 혹시라도 잘못된 정보가 들어가진 않을까, 현실 육아와 동떨어진 이야기가 되진 않을까 끊임없이 고민하면서 썼습니다. 초기엔 쌍둥이 엄마 슬기가 이상한 일들에 휘말리는 모험담이었던 이 이야기는, 많은 수정을 거쳐 지금의 형태로 자리 잡게 되었습니다. 언젠가 초기의 기획대로 쌍둥이를 업고 안은 슬기가 세계의 비밀을 찾아 모험을 떠나는 형태의 이야기도 써보고 싶습니다.

제가 가장 좋아하는 장면 중 하나는 전기밥솥이 "군자탄탕탕 소인장척척!"이라고 외치는 장면입니다. 논어 속 이 문장을 발견하고 얼마나 기뻤는지 몰라요.

〈살아 있는 오이들의 밤〉 또한 동거인과 함께 지내며 떠올리게 된 글입니다. 편식이 심한 동거인과 함께 살다 보면, "정말 안 먹어? 이게 진짜 맛있는 건데."라는 말이 목구멍까지 올라올 때가 종종 있습니다. 하지만 이미 여기저기서 그런 잔소리를 들었을 동거인을 생각하면 저라도 꾹 참아야겠다 싶어 아무 말 않게 되더라고요. 그런 동거인의 처지에서 출발해 생각을 이어 나간 끝에, 오이 좀 먹으라고 잔소리하던 사람들이 모두 좀비가 되어버리는 이야기까지 만들게 된 것입니다. 이 글이 부디 오이 헤이터분들께 가닿길 바랍니다.

제가 가장 좋아하는 장면 중 하나는 남모 씨가 탈출로를 열었을 때, 오 대리가 북쪽에서 귀인이 나타난다는 사주 상담 내용을 떠올리는 장면입니다.

세 편의 여담은 각기 다른 본편들 간의 틈을 메꾸어 주기 위한 글입니다. 본편에서 스치듯 지나쳤던 인물들의 일상을 슬쩍 엿보는 재미가 있습니다.

솔직히 저는 지난 몇 년간 《레시피 월드》 '작가의 말'을 쓸 날만을 기다렸다고 해도 과언이 아닙니다. 집필 내내 일희일비하고 갈팡질팡하면서 '나 망함'의 늪으로 빠지고 있던 저를 끌어 올려주신 주변 분들의 응원과 격려 덕분에 이 소설을 완성할 수 있었습니다.

최초 아이디어 구상 단계 때부터 책이 완성된 지금 이 순간까지 막강한 응원과 끝없는 믿음으로 제게 부족한 용기를 리필해 주신 신지민 편집자님. 어쩌면 저보다도 더 이 이야기들에 애정을 가져주셨던 편집자님이 아니었다면 이 책은 분명 세상에 나오지 못했을 것입니다. 늘 반갑게 맞아주시고 아낌없는 응원과 피드백을 주셨던 양수인 편집자님, 오팬하우스의 다른 편집자님들께도 감사드립니다. 《레시피 월드》는 제작 초기에 콘텐츠 프로덕션 안전가옥과 함께하기도 하였습니다. 당시 진심을 다해 다양한 의견과 애정을 주셨던 윤성훈 PD님, 이수인 PD님께도 감사의 마음 전하고 싶습니다. 저의 서툰 문장들을 깎고 다듬어 든든하게 외출 준비 시켜주신 이혜정 편집자님, 그리고 표지 작업을 맡아주신 키박 님께도 꼭 감사의 말씀 전하고 싶습니다. 마지막으로 이 책을 집필하는 동안의 힘든 순간과 기쁜 순간을 늘 가까이서 함께한 동거인이자 파트너 남순아에게 무한히 고마운 마음 전합니다.

레시피 월드

초판 1쇄 인쇄	2025년 9월 19일
초판 1쇄 발행	2025년 9월 26일

지은이	백승화

기획편집	신지민
표지디자인	키박
교정교열	이혜정
책임마케팅	최혜령, 박지수, 도우리, 양지환
마케팅	콘텐츠 IP사업본부
해외사업팀	한승빈, 박고은
경영지원	백선희, 권영환, 이기경, 최민선
제작	제이오

펴낸이	서현동
펴낸곳	㈜오팬하우스
출판등록	2024년 5월 16일 제2024-000141호
주소	서울특별시 강남구 테헤란로 419, 11층 (삼성동, 강남파이낸스플라자)
이메일	info@ofh.co.kr

ⓒ백승화 2025

ISBN	979-11-94979-52-4 (03810)

한끼는 ㈜오팬하우스의 출판브랜드입니다.